攻略できない峰内さん
Koryaku Dekinai Mineuchi san
之雪 KOREYUKI
画 そふら
入部届

部員を探していた彼は先輩の勧誘を試みる
高岩剛
tsuyoshi takaiwa
!?
ところが、なぜかプロポーズのような発言をしてしまい——

入部届
フシャーーーッ
?
峰内風
fuu mineuchi
結果、怒らせたため
勧誘は失敗に終わった

？
……。
騒がしくしていた所を生徒会役員に見つかってしまう

宮本美礼
mirei miyamoto
副会長の静香が
二人を注意している一方、
会長の美礼は**ある人物**を
見つめていた……
佐々木静香
shizuka sasaki

一つしかない傘に
途方に暮れる剛と風

激しい雨が降りしきる中、
二人は肩を寄せ合いながら
下校するのだった──。

Contents

攻略できない峰内さん

之雪

GA文庫

カバー・口絵　本文イラスト

そふら

プロローグ

Koryaku Dekinai Mineuchi san

「先輩、あの……俺《おれ》と付き合ってください！」

「……えっ？　えええええええええええええええええええっ!?　な、なに言ってるんだ!?」

「俺は本気ですよ！　先輩しか考えられないんです！」

「い、いや、そんな、急に言われても……知り合ったばっかりだし……こ、困るなあ……」

そう、二人は知り合ったばかりだった。具体的に言うと三分ほど前に。

真剣極まりない顔で告白してきた一学年下の男、高岩剛《たかいわつよし》を見上げ、峰内風《みねうちふう》は頬《ほお》を染めた。

「あ、あのさ。そういうのはその、もっとよくお互いの事を理解してからの方が……」

「それはあとでもいいでしょう。まずは既成《きせい》事実を作ってしまわないと……」

「き、既成事実？　それって、その……つまり、そういう……」

「はい。まずは正式に入部してもらって、そこから始めましょう！」

「……ん？」

なにか妙な単語が聞こえた気がして、風は首をかしげた。

「今、入部って言ったか?」

「はい、言いました」

「えっと、つまりその、お前が言う既成事実っていうのは……」

「先輩がうちの部に入部して、部員になる、という事です」

「じゃ、じゃあ付き合ってくれっていうのは……」

「俺に付き合ってもらって、一緒に部活をやりましょうという意味です!」

「は、ははは、そっかそっか……」

風は顔を伏せ、プルプルと細い肩を震わせた。

そして……不意に顔を上げ、剛をギロッとにらみ、怒鳴った。

「このアホがああああああああああああああああああああああああああああああああああ! 紛らわしい言い方すんなあああああああああああああああああああああああああああ!」

「ええっ!?」


こうして、高岩剛の告白(?)は失敗に終わった。

「おかしいな。なにがまずかったんだろう?」

峰内風に入部の誘いを蹴《け》られてしまい（文字通り向こう脛《すね》に蹴りを入れられた。やたらとキレのいいローキックだった）、高岩剛は首をかしげた。

彼女なら、絶対に入部してくれるはずだと確信していたのだが、誘い方がまずかったのだろうか。


剛はボードゲーム研究部、通称ボドゲ部の部長であり、創設者でもあった。

身体が大きいぐらいしか取り柄のない剛にとって、唯一の得意なものであり趣味と呼べるもの、それがゲームだった。

デジタル系ではなく、ボードゲームやカードゲームなどのいわゆるアナログゲームだ。

高校に進学した剛は、ぜひともゲーム系の部活に入りたいと考えていたのだが、この学校にそのような部活は存在していなかった。

ないなら作ればいいと思い、新しい部活の申請を行った。

創部そのものにはさほど厳しい制約はなく、あっさり受理されたのだが。

正式な部活として認められるためには部員が五名以上必要となっていて、ボードゲーム研究部は同好会として発足した。

校舎の一階、昇降口の近くには、生徒用の掲示板スペースがあり、そこには各部活の告知や部員募集ポスターなどが貼《は》られている。

剛も掲示板の片隅に部員募集のポスターを貼り出していたのだが、今のところ反応はなく、入部希望者はゼロの状態が続いていた。

そんな時、部員募集のポスターを熱心に見ている少女を見掛けた。

それが彼女——峰内風だったのだ。


その少女が間違いなくボドゲ部の部員募集ポスターを見ている事を確認し、剛は意を決して声を掛けてみた。

「や、やあ、どうも。君はボードゲームに興味があるのか？」

「？」

「あ、ああ、いきなりでごめん。俺はその部を作った人間で……一年の高岩剛っていうんだ」

「……」

少女が振り返り、剛と向き合う。

長身の剛と小柄な少女とではかなりの身長差があり、少女は顔を上げ、すんだ瞳《ひとみ》で剛を見つめてきた。

「⁉」

同じ高校生というのが信じられないぐらい小柄で、幼い顔立ちをした少女。

身長に反比例するかのごとく、床に届きそうなぐらい非常に長い髪をしている。

顔立ちは幼いが、とても美しく整っていて、なんだか妖精《ようせい》のようだった。

思わず声を掛けてしまったが、よくよく見るとかなりの美少女だったので、剛は緊張してしまった。

少女は剛を見上げたまま、小さな唇を開いてポツリと呟《つぶや》いた。

「……年だ」

「えっ？」

「私は、二年だって言ったんだ！　よく見ろ、ほら！」

「あっ」

この高校では学年によって上履きに使われているゴム素材の色が異なっていて、本年度の一年は緑で、二年は赤、三年は青となっている。

少女の上履きが二年である事を示す赤なのを確認し、剛は冷や汗をかいた。

「す、すみません、先輩だったんですね。てっきり同じ一年だと……」

「まったく、失礼なヤツだな。どこを見て一年だと判断したんだ？　私が小さいからか？　迷子の小学生がいるとでも思ったか？」

「い、いえ、そんな事は……すみませんでした」

幼くて愛らしい外見とは裏腹に、少女の口調は少しガサツというか、男っぽかった。

しかし、声そのものは高くてかわいらしく、男っぽい口調がかえって少女の愛らしさを強調しているように思えた。

かわいい先輩だな、と密かに思いつつ、剛は少女に尋ねてみた。

「それでその、先輩はボードゲーム研究部に興味があるんですか？」

「まあ、ちょっとな。アナログ系のゲームって割と好きだし、カードゲームを昔やってたから……」

「昔流行《はや》ったカードゲームというと、超メジャーなアレですか？」

「うん、そう。小学生の頃、ちょっとはまっちゃってさ。大会にも出たんだ」

「すごいですね。もしかして、全国大会まで進んだりしました？」

「あー、それは……実はその、世界大会に……」

「世界大会って、まさかの世界ランカーですか⁉　も、もしかして優勝した事が……」

「いや、準決勝で負けちゃった。一応、世界ランク三位までいったのが最高かな？」

あはは、と笑いながら軽い口調で告げた少女に、剛は衝撃を受けた。

「……俺も小学生の頃、何度か大会にエントリーした事がありますが、地区大会決勝まで行けたのが最高でした。こんな所《ところ》に世界大会経験者がいたなんて……しかも世界ランク三位なんてびっくりですよ。先輩のお名前を教えてもらってもいいですか？」

「私は二年の峰内風だ。おっと、名前で検索しても無駄だぞ？　ＨＮ《ハンドルネーム》でエントリーしてたからな」

「なるほど。ちなみにHNはどんな……」

「教えてもいいけど、絶対他人には言うなよ？　ネットで晒《さら》されたりしたらえらい事になるからな」

「は、はい、もちろんです。そう言えば、今思い出したんですが……」

「うん？」

「当時、俺の一つ上の学年で、隣町の小学校にものすごく強いプレイヤーがいたという噂《うわさ》を聞いた覚えが……確か『ワンターンキルウインド』とかいう二つ名で呼ばれていて、開始直後のターンで容赦なく対戦相手のライフをゼロにして、心までへし折ってしまう悪魔のようなプレイヤーだったとか。先輩と同学年だと思うんですが、聞いた事ないですか？」

「えっ？　い、いやー、私は知らないな……」

「それで、先輩のHNはなんだったんですか？」

「……ひ、秘密だ。身バレしたら消されるかもしれないからな」

「命を狙《ねら》われてるんですか!?　それにしてもワンターンキルウインドって、今聞いたら結構イタイですよね。中二病くさいというか、いかにも小学生が考えそうな二つ名っていうか」

「は、はは……そ、そうかもな……」

「ワンターンキルウインド……ウインドって、風？　あれ、先輩の名前のフウって、風《かぜ》という字ですか？　すごい偶然ですね」

「そ、そうだな、偶然って怖いよな！　私はそんなヤツなんか全然知らないし無関係だけど、そいつも今頃《いまごろ》後悔してるんじゃないのか？　初対面の後輩から過去の黒歴史をいじられたりしてさ……」

目を泳がせ、ダラダラと汗をかいている凧を、剛はジッと見つめた。

「昔やっていたという事は、カードゲームは引退されたんですか？」

「う、うん、まあ。中学に上がってからもしばらく続けてたんだけど、元々女子は少なかったのに中学以上の子なんか全然いなくてさ」

「なるほど。それで引退を……」

「それだけならまだ続けたかもしれないんだけど、大会で中学の部にエントリーしてるのに、何度言っても小学生の部に回されちゃったりしてさ。おまけに男子小学生から同級生に間違われてナンパされたりして、そういうのが嫌でやめちゃったんだ」

凧の事情を聞き、剛はうなった。

ゲームとは関係ない理由のような気がするが、既に引退しているとは、実に残念だ。

しかし、凧はボードゲーム研究部のポスターを熱心に見ていたわけだし、まだ未練があるのではないだろうか。

そこで剛は意を決し、凧に告げた。

「先輩、あの……俺と付き合ってください！」

「……えっ？　えええええええええええええええええええええっ⁉」

……というわけで、冒頭に戻るわけである。

蹴られた向こう脛を押さえながら、足早に去っていく峰内風の後姿を見送っていた剛だったが、このまま彼女を帰してはマズイと思い、慌てて後を追った。

「ま、待ってください、先輩！　もう一度だけ、俺の話を聞いてください！　なにか落ち度があったのなら謝りますから！」

「……」

「待ってください、ワンターンキルウインド！　せめてサインだけでも！」

「や、やかましい！　大声でその名を呼ぶな！　そんなヤツは知らんって言っただろ！」

ちなみにここは校舎一階、昇降口近くの廊下である。昼休みという事もあり、廊下を歩いている生徒はそこそこいて、なにやらただならぬ雰囲気の二人の様子を、興味深そうに見ていた。

「なにあれ別れ話？」「女が男を捨てたらしい」「男の浮気《うわき》が原因だろうな」「ワンターンキルウインドってなんだ？」などという呟きが聞こえてきて、風は真《ま》っ赤《か》になった。

そこで風は足を止め、クルッと反転して剛と向き合い、無理矢理に笑顔を浮かべて呟いた。

「ちょ、ちょーっと話そうか？　どこか人目のないところで」

「先輩？　それじゃ俺の話を聞いてくれる気に……」

「い、いいから！　こっち来い！　お前をワンターンキルしてやろうか⁉」

風に手首をつかまれ、剛は引きずられるようにして連れていかれた。何気に腕の関節を極められていて、あらがう事ができなかった。


人気のない体育館の裏まで行き、風は剛と向き合った。

「ここなら大丈夫だろ。で、なんだって？」

「はい。俺と付き合ってください！」

「だ、だから、紛らわしい言い方はやめろってば！　部活に入ってくれって話なんだろ？」

「はい。先輩しかいないんです！」

「だから、言い方！　いちいち告白みたいな台詞《せりふ》を口にするのはやめろ！」

風が真っ赤になって注意すると、剛は不思議そうに首をかしげ、ポツリと呟いた。

「そう言えば、体育館の裏って告白の場所に使われる場合が多いって聞きますね」

「そ、そうだな。いや、ここに来たのはたまたまで……」

「つまり、先輩が俺に告白するんですか？」

「そうそう、実は以前からお前の事が気になっててさ、その年下に見えない面構えや落ち着いた感じが悪くないな……って、違う！　ついさっき出会ったばっかなのに告白なんかするわけないだろ！」

「そういう展開もありかなと思ったんですが……違うのなら残念です」

「えっ、そ、そう？　ま、まあ、そんなに気を落とすなよ。私もさっきはいきなり告白されたと思って驚いたけど、悪い気分じゃなかったし……」

「えっ？」

「い、いや、今のはなし！　部活に入ってくれないかって話なんだよな？」

「はい。俺はずっとそう言ってるんですが……」

今度こそ、こちらの気持ちが伝わったと思い、剛は期待を込めた眼差《まなざ》しで風を見つめた。

風は腕組みをしてちょっとだけ悩んで見せてから、サラッと答えた。

「ゲームは好きだけど、部活に入ってまでやろうとは思わないな……というわけで、悪いけどやめとくよ」

「そ、そんな……その気にさせるだけさせておいて、俺を捨てるんですか？」

「ま、また妙な言い回しを……まあ、お前がどうしてもって言うのなら、ちょっとだけ考えてあげてもいいけどさ」

「本当ですか？　ありがとうございます！」

ペコリと頭を下げた剛に、風はニヤッと笑って告げた。

「ただし、条件がある。私とゲームで勝負して勝ってみろ。そしたら入部してやるよ」

「俺が勝ったら部員になってくれるわけですか。いいでしょう、その勝負、受けましょう」

「よし、決まりだな！　勝負だ、勝負！」

先輩に見えない先輩、峰内風と出会い、ようやく剛は本格的に部活動をスタートさせる事ができた。

だが、彼女に勝負で勝たなければ部員にはなってもらえない。

こうして剛と風の長きにわたる戦いの火ぶたは切って落とされたのだった——。

1 先輩と後輩

数日後の放課後。

専門棟一階、東側一番奥にある、第三資料室にて。

ほとんど使われていないその部屋がボードゲーム研究部、通称ボドゲ部の部室となっていた。

部長であり、唯一の部員でもある高岩剛《たかいわつよし》は、長机を挟んでとある人物と対峙《たいじ》していた。

やたらと長い髪に、やや幼いが整った顔立ちをした、かなり小柄な少女。

少女の名は峰内風《みねうちふう》。剛より学年が一つ上の二年生で、先輩だ。


二人はトランプカードを使い、ゲームに興じていた。

余裕の笑みを浮かべ、楽しそうにしている風に対し、剛は眉根《まゆね》を寄せ、難しい顔をしていた。

「……では、勝負です、先輩」

「おう、いいぞ！　勝負だ、後輩！」

ゲームはポーカー。より強い役を作って勝負するゲームである。

Koryaku
Dekinai
Mineuchi
san

剛は手札を机の上に並べ、自身の役を披露した。

「フルハウスです。今度こそ、俺《おれ》の勝ちですよね」

「ふふっ、ところが残念、私はフォーカードなのでしたー！」

「!?」

ニコッと笑ってカードをオープンした風の手札を確認し、剛は愕然《がくぜん》とした。

「そ、そんな馬鹿《ばか》な……これで何敗目なんだ……？」

「んー？　今日は五連敗目だろ？　トータルだと……あれ、何敗目だっけ？」

愉快そうに語る風を見やり、剛はため息をついた。

「先輩が強いのは事実ですし、負けは認めます。ですが……」

「な、なんだよ？」

「どうせなら入部してくださいよ！　毎日のようにゲームをやってるのに部員じゃないなんて、おかしくないですか？」

剛の訴えを聞き、風はすまし顔で答えた。

「おかしくないだろ。お前が勝ったら入部してやるって条件で勝負してるんだからさ」

「それはそうですけど、しかし、この状況は……」

「うん、部活やってるのと同じかもな。でも、勝負は勝負だから。私を入部させたいんなら、勝負に勝ってみろ！」

「くっ……！」

ヘラヘラと笑う風に、剛はうなった。

部員はほしいし、勝ちたいのは山々なのだが……この小さな先輩は異様に強いのだ。

「さすがは対戦型カードゲームの元世界ランキング三位、トランプでもすさまじい強さですね」

「んー、まあなー。ゲームと名のつくものは大体得意だしー」

「ゲームの強さと成長の度合いは反比例するものなのでしょうか？」

「……そりゃどういう意味だ？　リアルファイトがお望みなら受けて立つぞ？」

胸の前に掲げた小さな手をなにかをつかむように開き、ゴキゴキと指を鳴らしてみせる風。

その表情は笑顔だったが、目が笑っていなかった。

「冗談ですよ。リアルでワンターンキルはやめてください」

「お、お前、いい加減それはやめろ！　あんまりしつこいと、私は泣くかもしれないぞ⁉」

涙目になって抗議してきた風に、剛は両手を挙げて降参の意思を示した。

「すみません。別に先輩をからかっているつもりはないのですが……」

「ほんとか？　なんかもう隙あらばからかおうとしてきてるような気がするんだが、気のせいか？」

「俺の悪い癖《くせ》で、思った事をそのまま口にしてしまうところがあるんです。直そうとはしているんですが」

「わざとからかうよりもタチが悪いじゃないか！　じゃあ、私がゲームが強いのは成長してないからって本気で思ってるのか⁉」

「いえ、それは冗談です」

「冗談なのかよ！　お前、ナチュラルに私をからかってるだろ！」

「いやあ、どうでしょう？」

自分でもよく分からなかったので、剛は曖昧《あいまい》な返事をした。


「……気を取り直して、もう一勝負しようか。高岩が勝てそうなゲームで……ワンペア縛りのポーカーなんかどうだ？」

「ワンペア縛りですか。いいですけど、あまり俺をナメないでくださいね」

「ふふん、そういう台詞《せりふ》は勝ってから言えよなー」

「いいでしょう。負けませんよ……！」

ちなみにワンペア縛りとは、その名の通り、ワンペアのみで競い合うポーカーである。

ワンペア以外の役をカウントしないため、強いカードを二枚そろえた方が勝ちとなる、単純なゲームだ。

ワンペアはそろえやすいので、初期状態で既に強いカードのペアがそろっている場合も多い。

このルールなら剛が勝つ可能性も高いはずだ。

カードを集め、風はシャッフルを始めた。

慣れた手付きでカードをシャッフルする風を、剛はジッと見ていた。

「さすがというか、カードの扱いが上手《うま》いですよね」

「ふっ、まあな。子供の頃からずっと練習してたしー」

「……子供の頃？」

「おい、『今も子供なんじゃ？』って言いたそうな顔するなよ！　こう見えてもお前より一個上の先輩だぞ？」

「それって不思議ですよね」

「なにが不思議なんだよ⁉　言いたい事があるならハッキリ言えよ！」

「こんなに小さい先輩が、年上なのが不思議だと思いまして」

「ハッキリ言いすぎだろ！　私は傷つきやすいんだから、もっと遠回しに言って！」

「ええっ……」

遠回しならいいのか、と首をひねっていると、シャッフルを終えた風がカードを一枚ずつ配っていく。

五枚ずつ配り、山札を中央に置く。

手札を確認しながら、剛は呟《つぶや》いた。

「それにしても、こうして毎日勝負しに来るなんて、先輩はよほど好きなんですね」

「えっ？　な、なんの話だよ」

「いえ、随分と付き合いがいいなあと思って。もしかして……年下が好きなんですか？」

「は、はあ？　そ、そんなわけないだろ！　わけの分からない事を言うんじゃ……」

「年下とゲームをするのが好きなのかな、と思ったんですが、違うんですか？」

「あ、あー、そういう意味か。お前はほんと、いちいち紛らわしい言い方するよな……」

手札をチェックし、カードの並び変えを行いながら、風が呟く。

「ゲームするのに歳《とし》の上下は関係ない。ていうか、お前は全然年下っぽくないだろ。でっかいし、妙に落ち着いてるし……」

「先輩は、小さくて、落ち着きがないですよね」

「ああ？　年上に見えない、むしろ年下に見えるって言いたいのか？　失礼なヤツだな！」

「そこまでは言っていませんが。ちっちゃくてかわいい先輩というのはありだと思います」

「ばっ……か、かわいいとか言うな！　そんな事言われてもうれしくないし……」

「ちっちゃくてかわいい先輩というのはありだと思います」

「うるさいよ！　二回言うな！」

頰《ほお》を染め、怒りながら照れている風をチラリと見て、剛は手札から二枚を抜いた。

「二枚チェンジします」

「お、おう。私は……うーん、一枚……いや、二枚チェンジにしとくか」

風の呟きを聞き、剛は考えた。

チェンジするカードを一枚か二枚かで悩む手札とはどんなものなのだろうか。

ワンペア縛りなので、強いカードのペアが一組そろえばいい。なんならカードを総替えするのもありだが。

チェンジしたカードを確認し、剛は風に目を向けた。風は自分の手札を確認すると、笑顔で呟いた。

「私はこれでいいぞ」

「俺もです。それじゃ、勝負——」

「いや、ちょっと待った。せっかくだし、条件を変更しようか」

「条件の変更……ですか？」

「私の入部の件はひとまず保留にして、勝者は敗者になんでも命令できる、というのはどうだ？」

「……随分と危険な条件ですね。勝てば愉快ですけど、負ければ地獄が待っていそうな……」

「どうする～？　年上のお姉さんに命令できちゃうチャンスだぞ？　自信ないなら降りるか？」

笑顔で挑発してくる風を見つめ、剛は迷った。

急に条件の変更を提案してきたという事は、凪は自分の手札に相当な自信があると見るべきか。

だが、その逆も考えられる。

手が弱いので剛が降りるように仕向けているのかもしれない。

迷った末に、剛は凪に告げた。

「いいでしょう。勝負しましょう」

「ふふ、そうこなくちゃな！　それじゃ、勝負だ！」

二人同時に手札をオープンする。

凪が2のワンペア、剛は3のワンペアだった。

剛の勝ちなのを確認し、凪が残念そうに叫ぶ。

「あちゃあ、負けちゃったかあ！　高岩はブタだと思ったのになあ！」

「俺がブタだと思ったから、2のワンペアで勝負しようと？」

「そうだよ？　でなきゃこんな弱い役で勝負しないって」

「……」

ありえる話ではあるが、なんだか引っ掛かる。あまりにも勝つ可能性が低すぎないか。

剛が凪の手札をジッと見ていると、不意に凪が笑顔で声を張り上げた。

「やったな、高岩！　ようやくお前の勝利だ！　部長の面目躍如だな！」

「……」

「ほら、勝ったんだから、私に命令していいぞ！　なにをさせたいんだ？」

「はあ。それでは……」

居住まいを正した剛は真剣な顔で告げた。

「ちょっとだけ、目をつむってもらえますか？」

「えっ？　な、なんで？」

「ほんのちょっとだけでいいんです。もう我慢の限界に来ていて……」

「お、お前、なに言ってんの⁉　目をつむらせてなにする気……あっ、もしかしてちょっぴりエッチな漫画的展開みたいなのを狙《ねら》ってるのか？」

「触るか触らないかぐらいのラインでいいんです。お願いします！」

「い、いや、そういうのはもっと親密な関係になってからする事なんじゃ……でも賭《か》けは賭けだしな……ま、まあ、ちょっとだけなら……いいぞ」

ほんのりと頬を染めながら、風が呟く。

剛は席を立ち、長机を回り込み、風に近付いた。

「それでは、失礼します」

「お、おう。ほ、ほんとにちょっとだけだからな？　あんまり変な事すると泣くぞ？」

剛はうなずき、覚悟を決めたようにキュッと目を閉じた風に向かって手を伸ばし――。

「――先輩。わざと負けるのはよくないと思います」

「……えっ？」

風がおそるおそる目を開けてみると、剛は風の捨てたカードを手に取っていた。

「あっ……！」

「なんだか先輩の様子がおかしいと思ったんですが……やはりこういう事だったんですね」

風が捨てたカード、それはダイヤとハートのAだった。

すなわちAのワンペア。ワンペア縛りのルールなら最強の役という事になる。

「どうしてAのワンペアを捨てたんですか？」

「い、いや、これはその……な、なんか勘違いして捨てちゃったのかな？　あははは……」

「先輩、俺を勝たせるつもりだったんですね？　ワンペア縛りにしたのはイカサマをやりやすくするためですか」

剛がジッと見つめると、風は降参とばかりにため息をついた。

「ほ、ほら、ずーっと私ばっかり勝っちゃってるから、高岩はつまんないんじゃないかと思ってさ。それでまあ、勝たせてあげるついでに、なにかご褒美でもあげちゃおうかなーって」

「それで賭けの条件を変更したんですか。やってくれますね……」

「わ、悪い。ちょっとしたサービスのつもりだったんだ」

バツが悪そうにしている風に、剛はため息をついた。

「こういうのはやめてください。故意に勝たせてもらっても虚しくなるだけじゃないですか」

「ごめん。たまには年上の余裕みたいなところを見せてやろうかと思って……」

「ともかく、イカサマをした先輩には罰を受けてもらいます。もう一度、目を閉じてください」

「ううっ、分かったよ……」

　再び目を閉じた凪に、剛は手を伸ばした。

　凪に罰を与え、己《おのれ》が欲求を満たすべく――凪の頭に、ポンと手を載せる。

「よーし、よしよし……」

「……えっ？　な、なにしてるんだ、高岩？」

「先輩の頭をなでさせてもらっています」

「そ、そう。あれ、お前が我慢できなくなった事って、これ？」

「はい。どうしても先輩をよしよししてあげたくて……やっと実行できました」

「へ、へー、そうなんだ……って、おい！　このぐらいの事でオーバーな言い回しをするなよな！　てっきりもっとすごい事をすると思ったのに！」

「すごい事というと、たとえばどんな事でしょう？」

「たとえば、その……む、胸をちょっとだけ触ったりするとか……」

「えっ？」

「おいコラ、『どこに触る胸があるんだ？』って顔はやめろ！　小さくてもあるにはあるわ！　本当だぞ!?」

「別に疑っていませんが」

やがて満足し、剛は凪の頭から手を離した。

凪はなでられた頭頂部を押さえ、うーうーうなっている。

「く、屈辱だ……年下から頭をなでられてよしよしされてしまうとは……」

「おかげで俺はスッキリしました。ありがとうございます」

「うー……」

「おや先輩、年上の余裕はどうしたんですか？　俺が触ろうとした時も全然余裕なさそうでしたけど」

「そ、そんな事はないぞ？　年下のお前にちょっと触られるぐらい余裕で……ご、ごめん、今の嘘《うそ》だから！　試しに抱き付いてみようとするのはやめて！」

ともあれ、勝負は無効となり、剛の勝ちはノーカウントとなった。

剛が凪に勝利し、部員第一号を獲得するのには、まだまだ時間が掛かりそうだった。

放課後、校舎二階にある1-3の教室を出た剛《つよし》は、部室のある専門棟へ向かった。

教室のある一般棟から専門棟へと続く連絡通路の入り口に差し掛かったあたりで。

いつものごとく、長い髪をした小柄な少女が現れ、声を掛けてくる。

「よう、高岩《たかいわ》！　今日も勝負しような！」

確認するまでもなく、それは小さな先輩、峰内風《みねうちふう》だった。

笑顔の風を見つめ、剛はため息をついた。

「あの、先輩。もう少し静かに声を掛けてもらえるとありがたいんですが……」

「なんでだよ！　私がうるさいって言いたいのか？」

「いえ、そうじゃないんですが……」

剛はそれほど人目を気にするタイプではないのだが、風と話していると妙に注目されてしまうような気がしていた。

「俺《おれ》が小さい子と話しているみたいに見えるのか、周りから犯罪者を見るような目で見られている気がするんですよね……」

「小さい子？　って、私の事か!?　お、お前なあ、失礼にもほどがあるぞ！」

風が頬《ほお》をふくらませ、小さな拳《こぶし》をシュッシュと繰り出してくる。

腹部をポコポコと打たれ、剛は「うっ」とうめいた。

軽く打ってくるだけなので痛くはないが、意外と衝撃があり、腰が引けてしまう。

「ちょっ、先輩、やめ……」

「私は小さい子なんかじゃないよな？　むしろ大人っぽいだろ？　そうだと言え！」

「そ、そうですね。よく見たら二十歳ぐらいに見えない事もないかも……」

「それ絶対嘘《うそ》だろ！　つくならもう少しそれっぽい嘘をつけよな！　大体お前はいつも……きゃっ」

そこでツルッと足を滑らせ、風が前のめりに倒れそうになる。

剛はとっさに壁となって風の身体を受け止め、両腕で支えた。

「せ、先輩、大丈夫ですか？」

「う、うん、おかげさまで……」

剛の胸よりやや下の位置に顔を埋め、風は頬を染めた。

慌てて剛から離れ、なにかを誤魔化《ごまか》すようにぎこちない笑みを浮かべて言う。

「あ、あはは、悪い悪い！　ちょっとはしゃぎすぎちゃったかな？　ははは……」

「気を付けてくださいよ。転んで怪我《けが》でもしたら大変です」

「そ、そうだよな。年上なのに面目ない……」

年下の剛にフォローされたのが恥ずかしいのか、風は赤い顔をしてシュンとなった。

そこで剛は、周囲にいる生徒達の視線が自分達に集中している事に気付き、ハッとした。

「でかいのがロリを捕獲したぞ」「あれって大丈夫なの？　犯罪じゃない？」「事故ならギリセーフか？」などという声が聞こえてきて、剛は引きつってしまった。

「先輩、もう行きましょう。なんだかとてもよくない方向で目立っている気がします……」

「えっ、そうなのか？　んじゃ、行こうか」

周りから注《そそ》がれてくる視線から逃れるようにして、剛は風をうながしてその場を後にした。

風が隣に並び、真横から剛を見上げ、クスッと笑って呟《つぶや》く。

「ふふっ、分かるぞ、高岩。先輩女子と話してるところを同学年の連中に見られるのが恥ずかしいんだろ？　そういうお年頃だよなー」

「ちょっと違うんですが、そういう事にしておきましょうか」

「？」

不思議そうに首をかしげる風に、剛は苦笑した。

専門棟にある部室に入った剛と風は、長机を挟み、向き合う形で席に着いた。

剛は通学用のバッグを開いて持参した物を取り出し、風に告げた。

「今日は対戦型トレーディングカードゲームで勝負してみませんか？」

「おいおい、マジか？　ブランクがあるとはいえ、私は元世界三位のプレイヤーだぞ？　勝ちたいのならそのゲームだけはやめた方がよくないか？」

「もちろん先輩の実力は理解しています。そこで、こちらのゲームを用意させてもらいました」

「むっ、そいつは……！」

今回、剛が選んだゲームは対戦型トレーディングカードゲーム。

無数にあるカードから自分の戦略にあったカードを選び、デッキを構築して対戦するゲームである。

本来なら、風が最も得意とするはずのゲームなのだが……剛が用意したのは、過去に風がプレイしていたゲームとは異なる物だった。

「こんなのが出てたんだな。初めて見るぞ」

「でしょうね。これは某メーカーが新規に立ち上げたカードゲームで、販売を開始したのは四年前になります」

「四年前？　ああ、私がカードゲームをやめちゃった頃に出たのか」

剛はうなずき、二つのカードの束《たば》を風の前に差し出した。

「二種類のデッキを用意しました。構築済みのスターターデッキなので、すぐに遊べます。好きな方を選んでください」

「どれどれ……ファンシーなイラストの『なかよしどうぶつ』デッキと、ダークファンタジーっぽいイラストの『闇《やみ》の暗黒破壊神』デッキか。うーん、どっちがいいんだろ？」

「絵柄はまったく異なりますが、デッキの強さそのものは同等らしいです。一応、『なかよしどうぶつ』は女の子向け、『闇の暗黒破壊神』は男向けみたいですが」

「そっか。じゃあ、女の子の私は『なかよしどうぶつ』デッキにしようかな。えっと、ゲームのルールは……」

「ルールブックを持ってきましたので、どうぞ」

「おっ、サンキュー。んー、根本的なルールが違うみたいだな……」

ルールブックを読みながら、カードを広げてチェックしている風を見つめ、剛は密かにほくそ笑んだ。

このゲームは、単に新しいゲームで遊んでみようと思って持ってきたわけではない。

剛が風に勝つために用意したものなのだ。言わば必勝のためのゲーム。

（いくら先輩でも、初プレイのゲームで勝つのは難しいはず。既存のゲームとは違うルールのゲームだしな）

強さは同等のデッキを使用するので一応は公平な勝負だが、二人の間には決定的な違いがあった。

剛はこのゲームをそこそこやり込んでいるのだ。小学生時代に負けなしだった程度には。

そしてなにより……。

（このゲームでは、先輩の得意としているプレイスタイルが使えない。今日こそは俺が勝つ……！）


剛の企《たくら》みなど知らない風は、真剣な顔でルールブックを読んでいた。

やがて風は顔を上げ、剛に告げた。

「うん、ルールは大体覚えた。それじゃ、試しに対戦してみようか？」

「はい。軽くプレイしてみましょう」

などと言いつつ、内心では「軽くひねってあげますよ……！」と呟く剛であった。


ゲーム開始前の準備中、風がルールを確認しながら呟く。

「このゲーム、前衛後衛とカードを配置する位置が決まってるんだな。攻撃できるのは前衛三枚で、敵のカードを六枚倒すと勝利……あれ、これってもしかして、ワンターンキルができない？」

「さすがは先輩、もう気付いたんですね。そう、このゲームでは基本的にワンターンキルは不可能なんですよ！」

「うわっ、マジか！　いかにしてワンターンキルを構築するのかがカードゲームの醍醐味なの

にさー」

「いや、それはかなり特殊で偏った楽しみ方だと思いますが……」

顎に手をやり、考え込んでいる風を見つめ、剛はニヤリと笑った。

風の得意とする戦略はワンターンキル。すなわちスタート直後の速攻による相手陣営潰《つぶ》し。

だが、このゲームでそれはほぼ不可能。得意の戦略を封じられてしまい、風はやりにくいに違いない。

「今回は、俺が勝たせてもらいますよ！　覚悟してください、先輩！」

「むむむ……確かにこれは難しいかも……」

しばらくうなってから、風は剛に告げた。

「なああ、またなにか賭《か》けないか？　入部の条件はなしにしてさ」

「先輩、負けそうだからそんな事を言ってるんじゃ……でもいいんですか？　俺が勝ったらすごい事を要求するかもしれませんよ」

「ふ、ふん、別に構わないぞ。年上の余裕でどーんと受け止めてやるよ！」

「では、勝者が敗者になんでも命令できるという事でいいですか？」

「それでいいぞ。……今回はサービスはなしなー」

双方、同意の上でゲームスタート。

ルールを確認しながら、おぼつかない手付きでカードを配置していく風に対し、剛は余裕の笑みを浮かべながら自軍のカードを展開していった。

今度こそ、風に勝てる。剛はそう確信していた。


そして、ゲーム開始から数分後。


「――ここでクラスチェンジして、メインユニットを最強形態に！　『破壊神ダークヴァイラス』降臨！　どうです、先輩。さすがにこれはどうしようも……」

「えっと、じゃあ、『あばれウサギ』『かしこいウサギ』『ウサギけんし』を『なかよし合成』して『なかよしウサギ三兄弟』を前衛に出すぞ。攻撃力三倍、敵のメインユニットを攻撃！　ダメージチェックは……おっ、クリティカルが出た！　メインユニットを撃破、っと」

「そ、そんな馬鹿《ばか》な！　俺のデッキで最強のレアカードが一撃で……？」

「倒したカードが六枚で……これ、私の勝ち、でいいんだよな？」

「は、はい……先輩の完全勝利です……」

初心者の風に完膚なきまでに叩《たた》きのめされてしまい、剛は愕然《がくぜん》とした。

デッキの強さは互角であり、剛はこのゲームをやり込んでいる。

しかも得意とするワンターンキルが不可能な状況で、風が勝つ可能性は限りなくゼロに近いはず、だったのだが……。

「せ、先輩。このゲームは初めてなんですよね？」

「おう、見るのも触るのも初めてだぞ。私がやってたのと全然ルールが違うから戸惑ったけど、なかなか分かりやすくて面白《おもしろ》いな！　カードもかわいいし」

ニコッと笑う風に、剛はうなだれるしかなかった。

ワンターンキルは防いだが、剛にできたのはそこまでだった。勝てないのではどうしようもない。

「甘いな、高岩。ワンターンキルは戦略の一つにしか過ぎないんだぞ。防いだからって勝てるとは限らないだろ」

「くっ……おっしゃる通りです……！」

「それよりもさ、確実に勝ちたいのなら、自分用に強力なデッキを用意してくればよかったのに。私には初心者用の弱いデッキでも渡してさ」

「それだとフェアじゃないじゃないですか。戦力は公平じゃないといけません」

「お前はほんと、真面目《まじめ》だよな……ふふふ」

小柄で幼い外見をした風から、年上のお姉さん目線で見られているようで、剛はなんだか恥ずかしくなった。

幼く見えても中身は年上という事なのだろうか。ゲームに負けてしまった剛としては悔しい限りだ。

「さて、それじゃあ……勝者の権利として、なにを命令してやろうかな？」

「……っ！」

ニヒヒ、と笑う風に、剛はゴクリと喉《のど》を鳴らした。

「仕方ないですね。それでは、覚悟を決めて……脱ぎましょう！」

「は、はあ？　なんでそうなる……って、脱ぐな脱ぐな！」

剛が制服の上着を脱ぎ始めると、風が慌てて取り押さえに来た。

「いいんですよ、先輩。分かっていますから。俺にちょっとエッチな命令をするつもりなんでしょう？」

「ふへへ、バレたか！　お前はガタイがいいから、どの程度筋肉が発達しているのか生で見てやろうと前々から狙《ねら》ってて……って、違うわ！」

「では、触るんですか？」

「おう、それじゃお前の腹筋をなでなでさせてもらおうかな？　って、アホか！」

フーフーと息を荒らげている風に、剛は首をかしげた。

「それでは先輩、どのような命令を？　少々エッチな命令でも前向きに検討したいと思います」

「なんでそんなにやる気満々なんだよ⁉　そういうのじゃなくてだな……」

風はなにかを言おうとして、困ったような顔をしていた。

「あー、特になにも考えてなかったな……」

「では、やはり脱ぎましょう！」

「それはやめろ！　うーん、それじゃ……肩でももんでもらおうかな？」

剛はうなずき、風の背後に回った。

サラサラの長い髪に触れてしまい、ドキッとしながら、細くて小さな肩に左右の手を載せ、そっともんでみる。

風はビクッと反応したが、大人しく剛に身を任せてくれた。

「こんな感じでいいでしょうか？」

「お、おう。悪くないかも……ん……」

想像していたよりもはるかに華奢《きゃしゃ》で小さいので、剛は驚いてしまった。

ちょっとでも力加減を間違えたら壊れてしまいそうだ。

「先輩の肩、小さいですね……」

「お、おい、妙な真似《まね》はするなよ？　手が滑った、とか言って胸に触ったりしちゃダメだからな？」

「……すみません。そんな事思い付きもしませんでした」

「なんでだよ！　ちょっとぐらい想像しろよ！　『触る胸もないのになに言ってんだコイツ？』とでも思ったのか？」

「いえ、そうじゃなくて。肩に触っているだけでも結構ドキドキしているので、それ以上の事は……」

「そ、そうなの？　うーん、やっぱり年下の高岩君には刺激が強すぎたのかな？　ふふふ」

「……」

「なんとか言えよ！　黙ってられると恥ずかしいだろ！」

ともあれ、またしても剛は風に勝てなかった。

しかし、負けはしたものの、彼女との勝負は楽しかった。

次こそは勝ち、風を部員にしてみせる。決意を新たにする剛であった。

3 パズルとマシュマロ

Koryaku Dekinai Mineuchi san

剛《つよし》が通う高校は、都市の郊外にある。学校の周囲には田畑が広がる、かなりの田舎町だ。

朝の登校時間。バスを降りた剛が学校へ向かって歩いていると、後ろから駆け寄ってきた人物が隣に並び、声を掛けてきた。

「おっす、高岩《たかいわ》！　おはよう！」

「せ、先輩？　おはようございます……」

それは高校生というのが嘘《うそ》のように小柄で幼い姿をした少女、峰内風《みねうちふう》だった。

長い髪をなびかせて現れ、笑顔全開で声を掛けてきた風に、剛は驚き、思わず赤面してしまった。

「高岩はバスだっけ？　朝、一緒になるのは初めてだな」

「そ、そうですね。先輩は電車通学ですか？」

「うん、そう。駅から学校まで二〇分もかかるんだよ。どんだけ田舎に建ってるんだって話だよな」

風が隣に並んだので、剛は彼女の歩調に合わせて歩いた。

周囲には登校中の生徒が大勢歩いている。いくら外見が幼くとも、女子と二人で登校するというのは初めての経験で、剛は少しばかり緊張してしまった。

剛の顔を真横から見上げ、風が呟《つぶや》く。

「どうした、高岩。元気がないな？　体調でも悪いのか？」

「えっ？　いえ、そんな事は……割とベストコンディションだと思いますが」

「どうもお前はボーッとしてるっていうか、元気がなさそうに見えるんだよな……『こんな腐りきった世界なんか滅びてしまえばいいのに』とか考えてないか？」

「考えてませんよ。何者なんですか俺《おれ》は」

剛がムッとすると、風はヘラヘラと笑った。

「冗談だってば、冗談。ノリが悪いなー。そんなんだから部員が集まらないんだぞ？」

「それは関係ないでしょう。冗談を言っていれば部員が集まるのなら、俺は一日中ずっと冗談を言い続けていますよ」

「だからマジになるなってば！　お前はちょっと真面目《まじめ》すぎるんだよ。もっと頭を柔らかくしないと、ゲームでも勝てないぞ？」

それを言われると痛い。要するに柔軟な思考を心がけろという事なのか。

「柔らかくというと……マシュマロみたいな感じですか？」

「んー、そうだな。そんな感じかな？」

「先輩はいつも元気ですよね。頭がマシュマロなんですか？」

「な、なんか引っ掛かる言い方だな……まあ、あんまり考え込まないようにはしてるけど。悩んでばかりだと気分的によくないだろ？」

「なるほど。それがゲームに勝つ秘訣《ひけつ》でもあるわけですか。先輩は悩まないからゲームに強いんですね」

「悩みがないみたいに言うな！　こう見えてもなあ、お前になんか想像もつかないような、深刻な悩みを抱えていたりするんだぞ？」

「……それって、どんな悩みなんですか？」

「たとえば……身長についての悩みとか」

「それは確かに……俺には分からないかもしれませんね……」

「だろ？　中身は割と大人っぽく成長してるのに、身体の方の成長が追い付いていないんだよなー」

「……」

「おいコラ『中身も子供なんじゃ？』って顔するなよ！　泣くぞこの野郎！」

「それは勘弁してください」

身体は子供、中身は大人だとでも言いたいのだろうか。某名探偵ぐらいしか実例がなさそうだが。

それはさておき、柔軟な思考と聞いて、剛はとある物が頭に浮かんだ。

「先輩、パズルとか得意ですか？」

「うん？　どうだろ。あんまりやった事ないなあ。そういや昔、千ピースのに挑戦して途中で挫折したっけ……」

「なるほど、そうですか。先輩には向いていないのかもしれませんね」

「私が短気だから向いてないっていうのか？　こんなにクールなお姉さんを捕まえて失礼な！」

「クールって……ふふっ、面白《おもしろ》い冗談ですね」

「いや今のは笑うとこじゃないぞ⁉」


「パズルか。そう言えば、あれがあったな……」


放課後、専門棟にある部室にて。

棚に並べてあったゲームの箱の一つを手に取り、剛は風に告げた。

「先輩、今日はこのゲームをやってみませんか？」

「ん？　そいつは……『ブロックス』か？」

『ブロックス』は様々な長さ、形状をしたブロックを組み合わせて自分の陣地を獲得していく陣取りゲームである。

正方形の盤上に、正方形のブロック1～5個で形成された様々な形をした二一種類のピースを置いていく。

ブロックを組み合わせるのには「角と角を合わせる」「面で合わせてはいけない」といったルールがあり、パズル的な要素が強いボードゲームだ。

「このゲーム、先輩はやった事がありますか?」

「いや、たぶんないな。聞いた事はあるんだけど……」

「それなら試しにやってみませんか? たまにはこういうのもいいでしょう」

「そうだな。じゃあ、やってみるか」

のんきに笑っている風を見つめ、剛はギラリと目を光らせた。

パズルが苦手だと風が言っていたので、このゲームならどうかと思ったのだが、未プレイという事は、これはひょっとすると当たりだったのかもしれない。

「高岩はやった事あるんだな。得意なのか?」

「俺はまあ、普通ですかね。パズルゲームは割と好きなんですけど、不器用なので……」

「ふーん」

ポーカーフェイスを維持しながら、剛は内心密かにほくそ笑んでいた。

(本当は俺、パズルゲームは得意なんですよ。しかもブロックスは得意中の得意、負けた記憶がないぐらいなんです……！）

風はゲームの説明書を見ながら、様々な形状をしたブロックをいじっていた。

「テトリスみたいなもんかと思ったけど、ちょっと違うんだな。コイツは意外と難しいかも……」

「実際にやってみればすぐに覚えられると思いますよ。それじゃ早速……」

「……待った」

風が制止の声を上げ、剛はドキッとした。なにか気付かれてしまったのだろうか。

「お前が勝ったら私が入部するって条件なんだけど、これって公平じゃないよな。お前は負けてもなんのリスクもペナルティもないわけだろ？」

「え、ええ、まあ、そうですね……」

「賭けの条件を変更しない場合でも、ペナルティありにした方が公平なんじゃないかな？　その方が面白そうだしさ」

「面白がられても困るんですが……」

「というわけで、高岩が負けたら私がなにかキツいお仕置きをしてあげよう！　お仕置きの内容は後で決めるって事で」

「せ、先輩、もしや俺を全裸にひん剝《む》くつもりなんじゃ……」

「おう、年下なのにやたらとでかいお前の肉体を隅々まで観察してから記念撮影を……って、するか！」

……なんだか妙な事になってきた。もしも負けたら、剛は風にお仕置きされてしまうらしい。

だがまあ、要は勝てばいいのだ。風が油断しているうちに、一気に攻勢をかけてやればいけるはず。

「ふんふんふーん、高岩にっ、どんなお仕置きをしてあげちゃおうかなっ？　ぬふふふ」

「……」

今回こそ絶対に勝つ。剛は改めて気を引き締めた。

「ブロックスぅー、ブロックを並べていくゲームぅー、っと」

「……」

剛が青と緑のブロック、風が赤と黄色のブロックでゲームスタート。ブロックは四色あるのだが、二人で対戦するので一人二色とした。

鼻歌を歌いながら手持ちのブロックをいじっている風を、剛はチラチラと見ていた。

今のところ、剛が優勢なのだが……風にはあせった様子はなく、むしろ余裕すらあるように思えた。

「そういやさあ、私、従妹《いとこ》がいるんだけど」

「はい？　従妹さん、ですか？」

「小さい頃、その子とよくゲームをやったんだよな。私より小さいくせにやたらと強くてさ」

「はあ」

「で、思い出したんだけど……このブロックスによく似た、これよりずっと小さいので従妹と対戦した事あったわ。あれって小さい子用だったのかな？」

「廉価版のブロックスミニというのがあったと思うので、それじゃないですか？」

「あー、そうかもなー」

ニコニコと笑う風を見て、剛はハッとした。

つまり、風はこれと似たようなゲームをやった事があるのか。

「……それで、従妹さんとの勝負はどうだったんですか？」

「んー？　そりゃまあ当然、私の勝ち越しだったけど……でもギリギリだったと思う。手強《てごわ》い相手だったなあ」

「そ、そうですか」

「ん？　どうした高岩、顔色が悪いぞ？」

「い、いえ、大丈夫です」

風にプレイ経験があるのは誤算だったが、所詮は幼い頃の話だ。

久しぶりにやるのだろうし、子供の頃の強さなど参考にはならない。

ともかく慎重にやって、確実に勝つ。剛は盤面に並べたブロックに集中するよう努めた。

「うーん、置けるブロックはここまでだな……」

「……」

やがてどちらもブロックを置ける場所がなくなり、ゲーム終了となった。

盤面を指で差して、風が呟く。

「えっと、これは……私の方が陣地を取れてるよな？」

「はい。先輩の勝ちです……」

赤と黄色のブロックに支配された盤面を見つめ、剛はガックリと肩を落とした。

自分的には悪くないゲーム展開だったと思う。ミスはしていないはずだ。

だが、それでも、風の方が上手だった。いつものごとくニコニコしている風を見つめ、剛はギリッと歯嚙《はが》みした。

「先輩、パズルは苦手って言ってませんでしたっけ？」

「うん、確かにジグゾーパズルは苦手かもな。でも、パズルゲームとなるとそうでもないのさ。一人でやるパズルと、誰《だれ》かと競い合うパズルゲームとじゃまるで違うしな！」

「……」

そんなんありか。さしもの剛もちょっぴりキレそうになった。どんだけゲームに強いんだと言いたくなる。言わないが。

「さてさて、それじゃ負けた高岩君にはペナルティをくれてあげよう。覚悟はいいか？」

「……っ！」

ニヤリと笑う風に、剛は観念したようにうなずいた。

「分かりました。脱がすなり触るなり、先輩の好きにしてください……！」

「ぬふふ、じゃあ、遠慮なく……って、コラ！　なんで私がセクハラしなきゃなんないんだよ？」

「あの、できれば痛くしないでくださいね」

「なにを想像してるんだよ⁉　受け入れる気満々なのが怖いわ！」

覚悟を決めた剛をジッと見つめ、やがて風は呟いた。

「おほん。それではお仕置きを……高岩、今から椅子《いす》になれ」

「椅子に？　俺がですか？」

「そう、私専用の椅子になるのだ！　どうだ、屈辱的だろう？」

「……分かりました」

「うん、そうそう、床の上に四つん這いになって……って、違う！　普通に椅子に座れ！」

「？」

言われた通り、机から少し離してから椅子に座ると、風が剛の正面に来た。

くるりと背を向け、剛の膝《ひざ》の上に腰を下ろしてくる。

「なっ……せ、先輩、これは一体……？」

「ふふふ、お前は椅子になったんだよ。生きたまま勝者の椅子にされる敗者……憐《あわ》れよのう！」

「……」

小柄な風を膝の上に乗せ、剛はどうしたものかと困惑した。

屈辱的だろうと言われてもピンと来ないし、重くはないので苦痛もない。

同年代の女子を膝に乗せた事などないので、そういう意味ではちょっとドキドキしてはいるが……。

「なんか安定しないな……腰に腕を回して支えてくれないか？」

「あっ、はい。こうですか？」

「!?」

言われた通りに、風の腰に両腕を回し、抱え込むようにして支えてみる。

予想していた以上に柔らかく、細い。

腰に腕を回した瞬間、風がビクッと震えたのが気になったが、風は特になにも言わずに大人しくしていた。

「どうですか、先輩。俺の座り心地は？」

「えっ、あっ、う、うん……わ、悪くないかもな……」

「それはよかったです」

「お、お前こそ、どうなんだよ？　一個上のお姉さんを膝に乗せる機会なんてそうそうないだろ？　なんかこう、おかしな気持ちになったりしてるんじゃないのか？」

「おかしな気持ち……？」

剛は首をひねり、少し考えてから答えた。

「先輩は、軽くて柔らかくて、抱き心地がいいですね」

「なっ……なにを言ってるのかな、この野郎は!?　だ、抱き心地ってお前……や、やらしいな！」

「いえ、そんなつもりは……ぬいぐるみとか、小動物を抱いているみたいな感覚というか……」

「むう、なんだそれ。女としては全然意識してないってのか？　むかつくな！」

風が不機嫌そうに呟き、剛は困ってしまった。

これでも変な気持ちにならないよう、あえて意識しないように努めているのだが……風には伝わっていないようだ。

「まったく、少しは動揺してみせろよな！　こっちはドキドキしてるってのに……」

「えっ？」

「なんでもない。どうせ私の事なんか、ぬいぐるみか小動物ぐらいにしか思ってないんだろ？」

「……」

風がモゾモゾと身体を揺すり、小さなお尻《しり》の感触が伝わってきて、剛はドキッとした。

非常に長い、サラサラの髪が被《かぶ》さってきて、甘ったるい匂《にお》いが鼻腔をくすぐる。

妙な気持ちになるのをギリギリでこらえ、剛は呟いた。

「先輩、これはお仕置きなんですよね？　椅子扱いされる屈辱を味わわせてやろうという」

「お、おう、そうだよ？　私の事を異性として意識させてやろうとか、年上の色気を食らわせてやろうとか、ちょっと抱っこされてみたいかもとか、そういう事は全然考えてないからな！　誤解すんなよな！」

「あっ、はい。了解です」

返事をしながら剛が風の身体をギュッと抱え直すと、風はビクッと震え、モゾモゾしながら呟いた。

「え、えーと、その……そ、そろそろお仕置きは終わりにしようか？　あんまり効いてないみたいだし」

「そうでもないです。女子とここまで密着した経験はないので、かなりの衝撃を受けています」

「そ、そうなの？　なんだよ、冷静なフリして、お前も結構動揺してんのか？　恥ずかしいのを我慢した甲斐があったな！」

「……」

「高岩？　あの、放して……」

風が困ったように呟き、剛はハッとした。

「すみません。もう少しこのままでいたいと思ってしまいました。先輩の抱き心地の良さは悪魔的ですね」

「そ、そうか？　なんか微妙な評価な気もするけど……全然意識されてないってわけでもないのかな？」

「全体的にすごく柔らかいですね。まるでマシュマロのような……あっ、それでゲームが強いわけですか？」

「違うわ！　マシュマロはもう忘れろ！」

剛が手を放すと、風は膝の上からピョンと飛び降り、クルリと反転して、剛に笑顔を向けてきた。

「お仕置き終了だ！　よく耐えたな！」

「はい。結構つらいお仕置きでした……」

「ふふ、そうかそうか。年上のアダルトな魅力ってヤツが炸裂《さくれつ》してしまったかな？　ははは！」

「先輩、アダルトとチャイルドを間違えていませんか？」

「間違えてねーわ！　つか間違えようがねーわ！　そういう事言ってると、次はもっとすごいお仕置きを考えるからな！」

「も、もっとすごい……それは……大丈夫なんでしょうか?」

「なにがだよ? ちょっとうれしそうにしてないか?」

風に勝てるゲームはないものか。悩む剛だった。

ＥＸ１　風の独り言①

Koryaku Dekinai Mineuchi san

おいっす！　私の名は峰内風《みねうちふう》。

たまに、無駄にロリロリしてるとか言われるけど、一応、フツーの高二女子だ。ＪＫ２ってヤツ？　知らんけど。


昔から私はゲームが好きで、小学生の頃はとあるメジャーなカードゲームにはまったりした。腕試しのつもりでメーカー主催の公式大会に出てみたら、なんかやたらと勝ちまくっちゃって世界大会まで行っちゃったりしたけど、今となっちゃ懐かしい思い出だな。

煮えたぎる溶岩の上に設置された煉獄ステージや、高度一万メートル上空で戦った天空城ステージとか……。

あれって現実だったのかな？　よくできたＶＲだったりして。まあ楽しかったからどうでもいいけど。

「ワンターンキルの風が吹くぜ……！」っていうのが当時の私の決め台詞《せりふ》だったんだけど……今思い出すと、ちょっと恥ずかしいよな。あの頃の私はどうかしていたんだ……。

大好きだったカードゲームなんだけど、中学に進学してからすぐにやめてしまった。

元々、女子でやってるのは少なかったし、中学生の私を小学生だと勘違いしてナンパしてくる男子小学生とかいてな……ランドセル背負った小四男子に「君、何年生？　俺《おれ》が教えてあげようか」って言われた時はさすがの私もキレそうになったな……。

大会に参加したら運営連中が私を小学生の部に振り分けやがるしさ……仮にも世界三位まで行ったプレイヤーに対して失礼じゃね？

そういや、最後にエントリーした地区大会の会場で迷ってたら、やたらとデカい男に遭遇してさ。

私が迷っているのを察したらしいそいつが付いてくるように言うから、言われるままに付いていったんだけど。

連れていかれた場所は、小学生の部、それも低学年の集合場所だったんだよな。

そいつはいい事したみたいな顔して離れていったけど、中学生だろうと思ってたそいつは小学校高学年の部に移動してたな。

つか、年下で小学生だったのかよ！　ふざけやがって、どこ小だ？　なんて当時は思ったもんだ。

失礼なヤツだよな。私はエントリーをやめて帰っちゃったんだけど、あいつは結局、どこの小学校だったんだろ？　今は中学生か、ひょっとすると高校生なのかもな。

ともかく、そういう嫌な事が色々あって、カードゲームショップから自然と足が遠のいて、引退する形になっちゃったんだよな。

ただ、カードゲームはやめてしまったけど、ゲームそのものが嫌いになったわけじゃない。

それでまあ、ボードゲーム研究部の部員募集を見掛けて、思わず足を止めてしまったわけだけれど。

んで、あいつと出会ったんだ。ボドゲ部の部長で、後輩に見えない後輩――高岩剛と。

高岩を初めて見た時は、その大きな身体に驚いてしまった。

これで高一だと？　去年までは中学生だったって？　冗談だろ。

なんか以前にもこういうヤツに出会ったような気がしたが……まあ気のせいだろ。

こんな無駄にデカくて年下に見えないヤツが、そんなにいるとは思えないし。

体格からしてレスリングか柔道でもやっているんじゃないかと思ったが、高岩はインドア派らしい。

格闘技には興味がなくて、アナログゲームが好きだという。

マジか。このガタイでカードゲームやボードゲームが趣味なのか。面白《おもしろ》いヤツだな。

私と同じ趣味の、年下の後輩と知り合えて、なんだかうれしくなった。

部活に入るのはちょっと抵抗あったけど、勝負をするのは楽しそうだ。

そんなわけで、私は高岩と自分の入部を賭《か》けて勝負する事になった。


高岩は不器用で、カードのシャッフルなんかは下手くそだった。

しかし、部活を作るだけあって、ゲームの腕はなかなかのものだった。

ぶっちゃけ、かなり強い。私がこれまでに対戦した連中と比較しても、上位に食い込むレベルだと思う。

だが、しかし！　まだまだ甘いな！　強い事は強いが、私を倒せるほどじゃない。

高岩のヤツは私を負かして部員にしたくてたまらないらしいが、そう簡単には負けてやらないぞ。


まあ、それはそれとして……私をロリ扱いすんなよな！

私は年上で先輩なんだからな。いくらお前の方が背が高くて落ち着いてるからって、子供扱いしたら承知しないぞ。

いずれ私が年上である事を思い知らせてやる。
この私のアダルトな魅力に驚くがいい……！

4 高低差ジェンガ

ある日の放課後、教室を出た剛《つよし》は、部室に向かって歩いていた。

1-3の教室を出て廊下を少し進むと、専門棟へと続く連絡通路と交差した場所にたどり着く。

「……？」

いつもならこのあたりで小さな先輩が声を掛けてくるはずなのだが、今日はどこにも姿が見当たらない。

別に待ち合わせの約束をしているわけではないが、いつも現れる人物が姿を見せないというのは、なんだか物足りない気がした。

（先輩、なにかあったのかな？　授業中にお菓子を食べてるところを見付かって居残りをさせられているとか……）

風ならありえるような気がする。そうなると、今日は勝負ができないかもしれない。

どうにも気になり、剛は連絡通路とは反対方向、階段に足を向けた。二年の教室は校舎の三階にあり、階段を上ればすぐだ。

（先輩のクラスは、2-6だったよな？　ちょっとだけ、のぞいてみるか……）

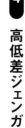

いなかったら引き返せばいいと思い、剛は階段を上がった。上級生のテリトリーに入るのは少し緊張するが、今はそれよりも風の事が気になった。

階段の踊り場を通過したところで、上の方から叫び声が聞こえてきた。

「うわわ、危ない、どいて！」

「⁉」

斜め上方、三階から小柄な少女が降ってきて、剛はギョッとした。

それが今から会いに行くつもりだった相手、峰内風《みねうちふう》である事を確認し、さらに驚いてしまう。

「わーっ！」

「くっ……！」

風が勢いよく胸に飛び込んできて、剛は両脚を踏ん張り、どうにか受け止める事に成功した。

小柄な風の身体を両腕で抱え込むようにして支えつつ、尋ねてみる。

「せ、先輩、大丈夫ですか？　怪我《けが》はありませんか？」

「お、おう、私は平気だ。高岩の方こそ、大丈夫か？　思い切り体当たりしちゃったけど……」

「俺《おれ》は頑丈なのが取り柄ですので、大丈夫ですよ。でも、どうして階段を飛び降りてきたりしたんですか？」

「いや、帰りのＳＨＲ《ショートホームルーム》が長引いて遅れたから、急いでお前のところに行こうとしててさ。階段を全段飛び越していけば早いかなって……」

気の短い風らしい考え方だ。剛はため息をつき、小さな先輩に告げた。

「危ないですからやめてください。いくらなんでも無茶ですよ」

「お、おう。でも、あれだな。お前って、本当に安定感抜群だな。私がぶつかってもビクともしないし」

「先輩が軽いからですよ。もう少し重かったら、さすがに受け止めきれなかったと思います」

「そっかー。小さいってのも悪い事ばかりじゃないなあ」

風はニコニコしていたが、不意にハッとして、頰《ほお》を染めた。

「あ、あのさ。そ、そろそろ降ろしてほしいんだけど……」

二人は正面からぶつかり、身体を密着させて、抱き合うような状態になっていた。

身長差があるため、風は足が床に着いておらず、剛にしがみついていた。

「すみません。なんだか抱き心地がいいので、つい。先輩ってほんと、持ち運びがしやすいですよね」

「ぬいぐるみ扱いすんなってば！　失礼すぎ！」

風の身体はとても軽く、柔らかくてプニプニしていた。おまけに温かくていい匂《にお》いがして、頭がボーッとしてきてしまう。

もう少し抱きかかえていたい気もしたが、こんなところを誰《だれ》かに見られたら騒ぎになると思い、剛は風を降ろした。

風は顔を赤くしていたが、年上らしく余裕があるように見せたいのか、すまし顔でコホンと咳払《せきばら》いをした。

「ところで、高岩はどこへ行こうとしてたんだ？」

「えっ？　それはその、先輩のクラスに……」

「ほほう？　もしかして、私を呼びに行こうとしてたわけか？　さては私が見当たらないんで不安になったんだろ！　かわいいヤツめ！」

冷やかすように言われ、剛は思わず赤面してしまった。

目を泳がせつつ、冷静な口調で呟《つぶや》く。

「別にそういうわけでは……ただその、心配になって……不審者にお菓子をもらって付いていっちゃったとかありえますし」

「ありえねーわ！　私を幼児扱いするのはやめろ！　お前より年上で先輩だぞ！」

「……抱っこした感じでは、かなり年下みたいでしたけど」

「そ、そういう事言うかな、フツー？　ちょっとでっかいからって生意気だぞ！」

風が真《ま》っ赤《か》になり、頬をふくらませ、小さな拳《こぶし》でぽかぽかと叩《たた》いてくる。

意外と痛いそれを両手で受け止めてガードしつつ、剛は考えていた。

安定感、バランス、小さい、軽い、短気……それらの要素から、ある物を思い浮かべる。

「もしかするとあれなら……勝てるかもしれないな」

「うん？　なにか言ったか、高岩？」

「いえ。先輩の弱点なんて考えてませんよ」

「怖っ！　いつもそんな事を考えてるのか？　さては私の弱点を突いて泣かせてやろうとか企《たくら》んでるな？」

「……」

「頼むからそこは否定してくれよ！」


風と合流した剛は専門棟一階にある部室へ移動した。

部室の前で、剛は風に告げた。

「先輩、ちょっとだけ待っていてもらえますか？」

「いいけど、なにかあるのか？」

「すぐ済ませますので」

風には廊下で待っていてもらい、剛は一人で部室に入った。

手早く準備を済ませ、スライドドアを開き、風に声を掛ける。

「お待たせしました。どうぞ」

「なにしてたんだ？　イカサマの仕込みでもしてたんじゃ……って、あれ？」

部室に入るなり、風は怪訝《けげん》そうにしていた。

ここは元々資料室であり、壁際には棚が並び、部屋の中央には手前から奥に向けて、縦長の長机が置いてある。

長机を挟んで勝負をするのが二人の日課になっているのだが……。

「な、なあ、高岩。いつもよりも机が高くなってないか？」

「えっ、そうですか？」

「そうだよ！　三〇センチ以上は高くなってるぞ。どうなって……」

「気のせいじゃないですか？」

「いや、明らかにおかしいだろ！　なんで認めないんだよ！」

「そんな事よりも、今日はこのゲームで勝負してみましょう」

「むっ、そいつは……！」

今回、剛が選んだのは、木製のピースで構成されたタワーからピースを抜いていき、積み上げていくゲーム。

誰もが一度はやった事があると思われる立体型パズルゲーム、ジェンガだ。

「机の上に直接置くとピースを取りにくいですよね。百科事典を三冊ほど重ねて置いて台座にして、その上にピースを置きましょう」

「お、おいおい……」

いつもより明らかに高くなっている長机に、台座によってさらに高さを増した状態で、ジェンガのタワーが置かれた。

剛も最近になって気付いたのだが、この長机には高さ調節機能があったのだ。

風はタワーを見上げ、剛をジロッとにらんだ。

「とうとう身長差を利用してきやがったな。勝つためには手段を選ばないってわけか？」

「さて、なんの事でしょう。俺はゲームがしやすいようにセッティングしただけですが」

「よく言うよ！　まったく、自分がちょっと背が高いからってこんな真似《まね》して……」

ピースの最上段に手が届く事を確認し、風はため息をついていた。

剛も鬼ではない。ちゃんと風の手が届く位置を計算した上で、高さを調整している。

……少なくとも開始時点では届くはずだ。

「先程抱きかかえた時に先輩の身長を測ったので、高さに問題はないはずです。拳を打ち込んできた時にリーチも確認できましたし」

「そこまで考えてたのか⁉　ボケッとしてるようで油断も隙もないな！　つかちょっと気持ち悪いぞ！」

「……なんとでも言ってください。勝てそうにないのならやめておきますか？　その場合、先輩の不戦敗という事になりますが」

「はあ？　誰が勝てないって言った？　上等だよ、勝負してやる！」

風が吠え、勝負する事になり、剛はニヤリと笑った。

ともかく、リーチの短い風はやりにくいはず。

そして、このゲームを選んだ理由はそれだけではなかった。

（先輩は基本的にワンターンキルのような速攻を好む。それは性格が短気だからに違いない。ジグソーパズルが苦手だというのも短気だからだろう。パズル要素のあるバランスゲームとなると、かなり苦手なんじゃないか？）

必勝。今度こそ剛にとって必勝のゲーム。ついに風に勝つ時が来たのだ。

そう思うと、感無量だった。感動の余り、目頭が熱くなってくる。

「ううっ……」

「ど、どうした高岩？　泣いてるのか？　お腹《なか》でも痛い？」

「いえ、なんでもありません。気にしないでください」

「き、気になるなあ……」

ジャンケンで先攻後攻を決め、風の先攻でゲームスタート。

風はタワー中央付近のピースをスルッと抜き取り、手を伸ばして最上段に置いた。

「ふん、ちょっと高い位置にあるからなんだってんだ。こんなの楽勝楽勝！」

「……」

剛も危なげなくピースを抜き取り、最上段に置く。

しばらくはスムーズに進んだのだが、やがて風の様子に変化があった。

ピースは抜き取れたものの、最上段にピースを置くのに苦労している。

ゲームが進行するのにつれてタワーの高さが増していくからだ。

「くっ、この……も、もうちょい……」

背伸びをして、指先を震わせながら、ピースを置く風。

風の様子を見て、剛はニヤリと笑った。

「……どうやらそろそろ限界のようですね」

「ふん、まだまだ。そっちこそ危ないんじゃないのか？」

「確かに、だんだんバランスを保つのが難しくなってきていますね……」

高さが増して、各部のピースが抜けてスカスカになったタワーは、非常に不安定に見えた。

手が届くからといって、それほど余裕はないか。

剛は慎重に、ピースを抜き取ろうとした。

「なあなあ、高岩。お前ってさ、年上が好きだったりする？」

「!?」

今まさにピースを抜こうとしたところで妙な質問をされ、剛は思わず手を止めた。

軽く深呼吸をしてからピースを抜き、風に告げる。

「俺は別に年上好きなんかじゃないですよ」

「ほんとか？　年上じゃないと興奮しないとか、もしくは年上というだけで無条件に興奮してしまうとか、そういう性癖があるんじゃないのか？」

「ありませんよ。なぜそんな疑いを持ったのか、小一時間ほど問い詰めさせてもらいたいですね……」

「えー、やだ。二分ぐらいに負けてくれよー」

ヘラヘラと笑う風にため息をつき、剛は抜き取ったピースをタワーの最上段に置こうとした。

「なあなあ。まさかとは思うけど……重度のロリ好き、なんて事はないよな？」

「⁉」

危うく手元が狂いそうになり、冷や汗をかく。

ニヤニヤしている風をジロッとにらみ、剛は答えた。

「違います。というか、年上好きかと質問した後にロリ好きかと質問してくるのはどういうつもりなんですか？」

「上と下、どっちが好みかと思っただけさ～。深い意味はないよ～」

年上なのにロリに見える風が言うと、どちらの質問も自分自身の事を言っているように聞こえる。考えすぎだろうか。

「さて、私の番だな！　高さ的にかなり苦しいかも」

「……」

風がピースを抜き取ろうとしているのを、剛はジッと見つめた。

「先輩は……本当に先輩なんですか？」

「うん？　なんだそれ、私が偽者に見えるのか？」

「いえ、そうではなくて……実はとても頭がよくて、学年を五つぐらい飛び級してきているのではないかと」

「お、お前、私がリアル小学生じゃないかって疑ってるのか⁉　飛び級なんかしとらんわ！　フツーに、リアルで高二だよ！」

「それならよかったです」

「なにがよかったんだよ？」

「実は小学生でした、なんて事になったら、色々と問題が……俺は逮捕されるかもしれませんし」

「いらん心配だよ！　年上をロリ扱いするなんて失礼にもほどがあるぞ！　つか逮捕されるような真似をするつもりなのか？」

風は怒っていたが、手元が狂う事もなく、実にスムーズにピースを抜いていた。

剛は風が短気を起こして失敗するんじゃないかと予想していたのだが、読みが甘かったか。

「短気なのに冷静……年上なのにロリ……先輩は矛盾した存在ですよね」

「なんの話だよ？　喧嘩《けんか》を売ってんのなら買うぞ？」

「ノーファイト、ノーバイオレンスでお願いします」

「ノークレームノーリターンみたいな事を……ヤ○オクの神経質な出品者かお前は？」

抜いたピースは最上段に置かなければならない。

もうタワーはかなり高さが増しており、凪が背伸びをしても届かない位置まで来ていた。

そこで凪は、両手を頭上に上げながら、剛に告げた。

「おい、高岩。……ちょっと持ち上げてくれ」

「えっ？　持ち上げるって……先輩をですか？」

凪は頬を染め、目を泳がせながら恥ずかしそうに呟いた。

「手が届かないんだから仕方ないだろ。それとも対戦相手に持ち上げてもらうのはルール違反なのか？」

「そんなルールはないとは思いますが……」

手が届かなくなれば凪は降参するしかないだろうと剛は予想していたのだが、まさか持ち上げろなどと言われるとは思わなかった。

頼まれた以上、断るわけにもいかず、仕方なく剛は凪の背後に回った。

抱え上げるのなら脇の下あたりをつかめばよさそうだが、そこだと（あるかないか分からないが）凪の胸に触れてしまうかもしれない。

そんな事になったらゲームどころではなくなる。そこで剛は、凪の腰のあたりをそっと左右の手でつかみ、持ち上げてみた。

「先輩、こんな感じでどうですか？」

「お、おう。また軽々と持ち上げてくれたな……重くない……よな？」

「とても軽いです。このまま校内一周ぐらいできそうですよ」

「頼むからそれはやめろ！」

剛が持ち上げた事によって、風は余裕でタワーの最上段まで手が届くようになった。

しかし、いくら小柄で幼く見えるとは言え、同年代の女子を抱え上げるというのは、さしもの剛もドキドキしてしまった。

風がピースを置こうとしているのを見やり、剛は呟いた。

「先輩は細くて小さくて軽いですよね……」

「な、なんだよ？　またロリ扱いする気か？」

「いえ、これだけ楽々と持ち上げられるというのは長所ではないかと。高いところに手が届きますし、災害時には簡単に抱えて避難できるじゃないですか」

「び、微妙な評価だな……それでほめてるつもりか？」

「お持ち帰りも楽々できそうですよね。持って帰ってもいいですか？」

「そうだな、どうしてもって言うのなら、お持ち帰りさせてあげても……って、いいわけないだろ！　持って帰ってどうする気だよ？」

「育てます」

「お前が育てるのかよ！　さては自分好みに調教するつもりだな？　恐ろしいヤツ！」

会話を交わしながら凪は問題なくピースを置いてしまった。

これはマズイ。なんだか流れが自分の負けへと向かっている気がして、剛はうなった。

だが、まだだ。もうタワーは崩れる寸前まで来ている。

ここをしのぎきれれば……勝てる。


凪を降ろし、タワーをにらむ。ピースを抜かれまくっていて非常に不安定な状態だ。

大丈夫そうな箇所を選び、剛はピースをそっとつかんだ。

そこで凪が、ニヤッと笑って呟く。

「慎重にな、高岩。もしも私が勝ったら、ペナルティとして、ものすごく恥ずかしい命令をしてやるからな！」

「⁉」

抜き取る寸前で手を止め、剛は凪を見つめた。

「恥ずかしい命令というと……全裸で校内一周とかですか？」

「そこまでさせないわ！　つかそんな真似したらお前は退学になるだろ！　なんでいちいち脱ぎたがるの⁉」

「違うんですか。残念……いや、安心しました」

「おい今残念つったろ？」

風から目をそらし、剛は慎重にピースを引き抜いた。

奇跡的にバランスを保っているタワーの最上段に、ピースを載せようとする。

「どんな命令にしようかなー。そうだな……『校舎の屋上から、今一番気になってる異性の名前を大声で叫ぶ』ってのはどうよ？」

「……！」

剛は手を震わせながら、ゆっくりと、慎重にピースを置いた。

……危なかった。だが、ギリでセーフ……。

「意外と私の名前を叫んだりしてなー？」

「!?」

不意を突かれ、剛はピースごとタワーを薙《な》ぎ倒してしまった。

崩れてバラバラになったピースを見つめ、ガックリと肩を落とす。

「ああ……もう少しで勝てそうだったのに……！」

「ふふっ、惜しかったな。でも最後は動揺しすぎだろ。なんだよ、他に好きな子でもいるのか？　ぷぷぷぷ」

「……いませんけど」

ムッとして答えた剛に、風はニヤニヤしながらからかうように告げた。

「なんだよ、いないのかー。じゃあ、命令しても無駄かなあ？」

「……命令されたら、先輩の名前を大声で叫んでやりますよ」

「なっ⁉　お、お前、それはダメだろ！　さっきのは冗談で……」

「今から行ってきましょうか？　明日からの学校生活がどうなるのか楽しみですね」

「や、やめろぉおおおお！　学校に来れなくなっちゃうだろ！　お願いだからやめてぇええええ！」

真っ赤な顔でうろたえる風を見つめ、剛は薄く笑みを浮かべた。

負けはしたが、ちょっとだけ反撃できた気がする。気分的には勝ったと言ってもいいのではないだろうか。

——気になる異性と聞いて、真っ先に浮かんだのが目の前にいるロリロリした先輩だったりしたのだが……剛は黙っておく事にした。

5 先輩の友達は先輩

Koryaku Dekinai Mineuchi san

ある日の休み時間。

剛《つよし》が校舎の廊下を歩いていると、不意に声を掛けられた。

「おう、高岩《たかいわ》！　元気か？」

「あっ、先輩。こんにちは」

それはとても小柄で幼い外見をした、非常に長い髪の少女、峰内風《みねうちふう》だった。

「出たな、ワンターンキルウインド……！」と心の中で呟《つぶや》きつつ、剛は会釈をした。

風は一人ではなく、友人らしき少女と一緒だった。二人とも段ボール箱を抱えている。

「その箱はなんですか？」

「次の授業で使う資料だって。担当の先生に運ぶよう頼まれちゃってさ」

「重そうですね。お手伝いします」

「えっ？　いや、別にいい……」

遠慮をする風に構わず、剛は彼女から段ボール箱を取り上げた。結構ズッシリくる重さだ。

「どこへ運べばいいんですか？」

「私のクラスだけど。いいって言ってるのに……パワーキャラなのをアピールしてるのか？」

「いえ、先輩のお役に立てたらと思いまして。他意はないです」

「お、お前はまた、そういう……まあ、いいけどさ」

風の隣でニコニコしている少女を見やり、剛はハッとした。

身長は平均ぐらい、セミロングの髪をした、かなりの美少女だ。

プロポーションはよく、風と同じ学年というのが信じられないぐらい育ちまくっている。

「先輩のご友人ですか？　はじめまして、一年の高岩といいます」

「ふふ、こんにちは！　私は二年の春日由衣《かすがゆい》だよ！　よろしくね！」

「こちらこそよろしくお願いします。そちらの箱も俺《おれ》が運びましょうか？」

「いいの？　それじゃお願いしちゃおうかな」

春日由衣から段ボール箱を受け取り、二つの箱を二段重ねにして抱える。

かなり重いが、剛は腕力にはそこそこ自信がある。このぐらいの荷物なら問題なく運べそうだ。

「高岩君、力持ちだね。ついでに風も運んでもらったら？」

「そうだな。いけるか、高岩？」

「先輩もですか。たぶん大丈夫じゃないかと思いますが……箱の上に乗ってみてください」

「おう！　って、冗談だってば。お前はほんと、真面目《まじめ》だなー」

剛をからかっただけなのか、由衣と風はのんきに笑っていた。

風もまとめて運ぶとなるとさすがに苦しいかも、と考えていた剛は、安堵《あんど》の息をついた。

「この箱二つよりも先輩一人の方が軽いだろうからいけると思ったんですが、冗談だったんですね」

「いやいや、さすがにそれよりは私の方が重いんじゃないか？」

「どうでしょう？　持ってみた感じでは、先輩の方が軽かったような……」

するとと由衣がハッとして、問い掛けてきた。

「えっ、どういう事？　高岩君は風を抱えた事があるの？」

「ええ、まあ。これまでに何度か……」

「ちょっ……バカ、なに言ってんだ⁉」

風が顔色を変え、剛を由衣から引き離し、小声で囁《ささや》いてくる。

（アホかお前は！　そういう事言うなよ！　誤解されるだろ！）

（いや、下手に誤魔化《ごまか》すよりは事実を述べた方がいいんじゃないかと思いまして……）

（由衣には逆効果だ。見ろ、ヤツの顔を）

見ると、由衣は瞳《ひとみ》をキラキラさせ、興味津々といった表情だった。

（由衣は噂《うわさ》話の類、特に恋愛絡みの話が大好物なんだよ。男と女が同じ空間にいるだけで愉快な恋愛劇が始まると思い込んでるんだ）

（それはまた……厄介な人ですね）

まさか風の友人がそこまで面倒な人物だとは思わなかった。もっと発言には気を付けるべきだったか。

反省する剛をよそに、由衣は笑顔で詰め寄ってきた。

「風から聞いてるよ！　部活に勧誘してるんだよね？　放課後、人気のない部室に二人きりでこもってゲームで遊んでるんでしょ？」

「え、ええ、まあ。遊びというか、真剣勝負なんですが……」

「それでそれで？　どうして風を抱きかかえちゃったの？　罰ゲーム的なヤツで仕方なく、なんて苦しい言い訳はしないよね？」

「い、いや、その……先輩が階段の上から飛んできて……」

「おおっ！　それをガシッと受け止めて熱い抱擁を交わしたのね？　そこで愛が芽生えたんだ！」

「あ、愛は芽生えていないと思いますが……」

剛が困っていると、風がフォローに入ってきた。

「おい、真面目な高岩をあんまり困らせるな。そのぐらいにしとけ」

「えー？　じゃあ、風が教えてよ。二人はいつも抱き合ったりしてるの？　それは合意の上なの？　それとも風が無理矢理させてるの？」

「おう、私が先輩命令で無理矢理……って、そんなわけあるか！　たまたま偶然、そういう事があったってだけ！　妙な誤解はやめろ！」

風が強い口調で訴えると、由衣は不満そうに眉根《まゆね》を寄せた。

「なんだ、つまんない。やっと風も男の子に興味を持つようになったと思ったのにぃ」

「ほっとけ。私は恋愛とかそういうのは……」

「小学生の頃は、ゲームに使うカードが恋人とか意味不明な事言ってたよね。エースモンスターのなんたらドラゴンが恋人《パートナー》だったんだっけ？」

「バ、バカ、やめろ！　サラッと人の黒歴史を暴露するなあ！」

「でも、人間の男に興味がないわけじゃないよね？　山ほど恋愛小説や少女漫画を持ってるし」

「ばっ……男子の前でそういう事言うなよ！」

頬《ほお》を染め、慌てふためく風を、剛はジッと見つめた。

剛の視線に気付いたのか、風がジロッとにらんでくる。

「な、なんだよ、高岩。私が恋愛ものを読んでたらおかしいか？」

「いえ、ちょっと意外だな、とは思いましたが。先輩って、少年向けのバトル漫画とか好きそうですよね」

「ふん、どうせ私は、女の子っぽいものが死ぬほど似合わねーよ！　笑いたきゃ笑え！」

「外見はすごく女の子っぽいと思いますが……そういう意味では、似合ってると言えるんじゃないですか？」

「えっ、そ、そう？　私って女の子っぽいか？　ほんとに？」

剛がうなずいてみせると、風は照れたように笑った。

「いやー、そっかそっか！　さすがは高岩、ちゃんと私の事を見てくれてるんだな！　お前はそこらの連中とは違うと思ってたんだよ！　あははは！」

風は機嫌よさそうに笑い、剛の背中をバシバシと叩《たた》いた。

剛が苦笑していると、由衣が驚いたような顔で呟いた。

「風の外見に騙《だま》される人は大勢見てきたけど、中身を知った上で女の子っぽいとか言う人、初めてかも……」

「は、はあ。そうなんですか？」

「高岩君だっけ。君はもしかして……」

「？」

「風の事が、好きなの？」

「!?」

すると剛がなにか言うよりも先に、顔色を変えた風が叫んだ。

「お、おい、由衣！　そういう事訊くなよ！　バカかお前は!?」

「えー、だって、気になるじゃない。それでどうなの、高岩君？」

「……」

剛はオロオロしている颪をチラリと見てから、由衣に告げた。

「先輩の事は、普通に好きですけど」

「えっ⁉　そ、そうなの？」

「⁉」

由衣は目を丸くして驚き、颪は顔を伏せてしまい、ブツブツと独り言のように呟いていた。

「マ、マジか……いや、薄々そうじゃないかなー、とは思ってたけど、あんなにハッキリ言うなんて……ど、どうしよう……」

颪がうろたえまくっているのを見て、由衣はおそるおそる剛に問い掛けた。

「あ、あのう、高岩君。その、本当に颪の事が好きなの？」

すると剛は、すまし顔で答えた。

「好きか嫌いかと訊かれたら、好きとしか答えようがないですし。嫌う理由が思い当たりません」

「な、なんだ、そういう……あんまりハッキリ答えるから、この場で告白したのかと思ってびっくりしちゃったよ」

「はは、そんなわけないじゃないですか」

「ふふっ、そうだよねー」

剛が薄く笑みを浮かべながら否定すると、由衣は苦笑した。

二人の傍《かたわ》らで、颪は自分の胸を押さえ、耳まで真《ま》っ赤《か》になっていた。

剛をギロッとにらみ、大声で怒鳴る。

「こ、このバカ、紛らわしいにもほどがあるだろ！　誤解を招くような言い方するな！　バーカ、バーカ！」

「えっ、なんでそんなに怒って……先輩、すごく顔が赤いですけど、熱でもあるんじゃないですか？」

「だ、誰《だれ》のせいだと思ってるんだ……お前ほんと、いい加減にしろよ！　気安く好きとか言うな！」

「ですが、先輩の事が好きなのは嘘《うそ》じゃないですし。嫌いだとは言いたくないですね」

「ま、まあ、お前は年上に弱いみたいだし？　私に大人の魅力みたいなのを感じて虜《とりこ》になるのも無理はないと思うが……」

「先輩、自分で言っていて無理があると思ってませんか？」

「うるせーよ！　ちょっとは思っとるわ！　冷静に指摘すんな！」

照れながら怒っている風を見つめ、剛は苦笑した。

剛と風のやり取りを見ていた由衣は、首をひねっていた。

「うーん、別に付き合ってるわけじゃなさそうだけど、仲が悪いわけでもなく、むしろかなり親しいみたいで……つまり二人は、どういう関係なの？」

「先輩と後輩の関係だよ！　もしくは部長と部員候補！　なにもおかしいところはないだ

ろ？」

「と見せかけて、実は秘密の怪しい関係なんじゃ……」

「そういうのじゃないってば！　なあ、高岩？」

「あっ、はい。違いますね」

剛と風は否定したが、由衣はイマイチ納得できないという顔だった。

「毎日、二人きりで狭い部屋にこもって遊んでるんでしょ？　絶対、妙な空気になったりしてるはずだよ！」

「そ、そんな事はない！　な、なあ、高岩？」

「は、はい。ない……ですよね」

少しだけ思い当たる節があったので、剛はちょっぴりあせってしまった。

二人の態度からなにかを察したのか、由衣がギラリと目を光らせる。

「やっぱり、なにかあるんでしょ？　大人しそうな高岩君を風が誘惑して……風が男子を誘惑……風には無理か……」

「おい！　勝手に想像しといて脳内で否定するな！　私からにじみ出てる色気で高岩はメロメロなんだぞ！」

「せ、先輩、肯定してどうするんですか？　ここは否定するべきところですよ」

「はっ!?　いかん、つい……さすがは由衣、巧みな話術に思わず乗せられてしまったぞ……！」

風が乗せられやすいだけだろうと剛は思ったが、そこは指摘しないでおく。

ニヤニヤしている由衣に、剛は真面目な口調で告げた。

「春日先輩。俺と先輩は特になにもないので誤解しないでください。俺は別に構いませんが、変な噂が広まったりしたら先輩が困ると思うので」

「えー？　本当かなあ」

「……というか、俺と先輩の仲を本気で疑ってはいませんよね？　からかっているだけなんでしょう？」

剛がジッと見つめると、由衣は苦笑した。

「ふふっ、分かっちゃった？　風ってすぐムキになるから、ついからかっちゃうんだよねー」

「なっ……おい、マジか、由衣。ふざけやがって、なんてヤツだ！」

風が怒り、由衣はヘラヘラと笑った。

「ごめんごめん。でもさ、満更でもなさそうだよね。実は密かに付き合ってたりしない？」

「するか！　なあ、高岩？」

「そうですね。今現在そういう事はないですが……」

「……ん？」

「将来的にはどうなるのか分からないかもしれませんね」

「「ええっ⁉」」

剛の呟きに、風と由衣は目を丸くした。

驚いている先輩二人に、剛は薄く笑みを浮かべて告げた。

「……というのは、もちろん冗談です。真に受けないでください」

「な、なんだ、冗談か。高岩が密かに大人っぽい私の事を狙《ねら》ってるんじゃないかと思ってあせったぞ！」

「そんなわけないじゃないですか。ははははは」

「……なにがおかしいんだ？　詳しく説明してもらおうか！」

「はははは……」

風に肘で小突かれ、剛は冷や汗をかいた。

一方、由衣は顎に手をやり、何事かを思案していた。

「……ちょっとからかってみるだけのつもりだったけど、意外とマジっぽい？　うーん、これは……しばらく様子を見るべき？」

「どうした、由衣。私が年下を魅了するぐらいアダルトに成長しているのを知って、驚きを隠せないのか？」

「はいはい。そういう夢ばっか見てないでちゃんと成長しようね？」

「なんだとコラ！」

そこで由衣は剛に身を寄せ、小声で囁いてきた。

「一つだけ確認しておきたいんだけど……高岩君はロリコンじゃないよね？」

「……違います」

「そっか。それならいいの。さすがにシャレになんないもんねー」

「……」

由衣の言いたい事がなんとなく分かり、剛は黙ってうなずく事しかできなかった。

「おい、どうした？　由衣になにか言われたのか？　私がビシッと反論しといてやろうか？」

「……いえ、大丈夫です。先輩はいい友達をお持ちですね」

「？」

不思議そうに首をかしげる風に、剛は苦笑した。


その後、剛は風のクラスまで無事に荷物を運んだ。

風のクラスの者達からは、かなり注目されてしまったようだったが。

「峰内さんが一年の男に荷物を運ばせているぞ」「峰内さんの舎弟か？」「彼氏なんじゃないの？」「幼い外見に騙されてるんじゃ……誰か教えてやれよ！」などという声が聞こえてきたが、剛は聞こえないフリをしておいた。

6 不器用なので

Koryaku Dekinai Mineuchi san

ある日の放課後、専門棟一階にある部室にて。

剛《つよし》は風《ふう》から、対戦型トレーディングカードゲームのレクチャーを受けていた。

「デッキに入れるカードはこんな感じでどうでしょう?」

「うーん、悪くはないと思うけど……私の好みとは違うかな?」

風との勝負にちっとも勝てないので、剛は彼女の強さの秘密を探ろうとしていた。

そのために、風が最も得意とするカードゲームのレクチャーを受けてみる事にしたのだが……。

「まず、ワンターンで相手を潰《つぶ》せるコンボを考えないとな。これとこれはいらないから、代わりにこっちのカードを加えて……」

「あのう、すごく偏った構成のデッキになりそうなんですが……そこまでワンターンキルにこだわる必要あるんですか?」

「カードバトルと言えばワンキルだろ? 言わば究極の勝利の方程式ってヤツだ! 狙《ねら》わないなんておかしいぞ?」

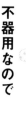

「そう……ですかね？」

風の考え方は偏っていて、あまり参考にはなりそうになかった。

だが、もっと詳しく教わっていけば、思わぬ弱点などが分かるかもしれない。もう少し様子を見てみる事にする。

「デッキを組んだらシャッフルして……あっ」

カードの束《たば》をシャッフルしようとした剛は、数枚のカードをポロポロと落としてしまった。

それを見ていた風が、ため息交じりで呟《つぶや》く。

「今さらだけど、お前って本当に不器用だよな。それもシャレにならないぐらい」

「すみません。これでも練習はしているんですが」

「ボードゲーム研究部の部長がそんな事じゃダメだろ。カードのシャッフルぐらい、華麗な手付きでやってみせなきゃ！」

「は、はあ。こ、こんな感じですか？」

「シャッフルしながらカードをばらまくな！　まったく、しょうがないヤツだな！」

何度やっても上手《うま》くいかない剛を見かねたのか、風は席を立ち、長机を回り込んできた。

椅子《いす》に座った剛の斜め後ろから身を寄せ、風がベッタリとくっついてくる。

特になにかが当たってくるような感触はなかったが、いきなりしがみつくような真似《まね》をされ、剛はドキッとしてしまった。

剛の反応などお構いなしに、風は小さな手を剛の手に添えて、耳元で囁《ささや》いてきた。

「ほら、しっかりカードの束を持って。最初はゆっくり、丁寧にな」

「は、はい。ゆっくり、丁寧に……」

「そうそう。そこから少しずつスピードを上げていくんだ。落とすよりはゆっくりの方がマシだ」

「な、なるほど……」

そこで風はハッとして、声を上げた。

「って、近いな！　もうちょっと離れろよな！」

「……俺《おれ》は定位置から1ミリも動いていないんですが」

剛が困ったように呟くと、風は頬《ほお》を染めながら、コホンと咳払《せきばら》いをした。

「ま、まあ、このぐらい、私は平気だけどな！　年上に弱い高岩《たかいわ》には刺激が強すぎたかな？」

「そうですね。少しドキドキしてしまいました」

「ふっ、やはりな！　なんのかんの言っても私は年上だし、抑えきれない色気ってヤツが出てしまったかな？」

「なんだか年下の妹に甘えられているみたいでドキドキしました」

「だよな？　私ってばいまだに中一かそれ以下でも通用しちゃうぐらいだし、年下好きの妹好きには堪《こた》えられないよなー？　って、コラ！　誰《だれ》が年下の妹なんだ？　私は年上の先輩だぞ！それは揺るぎない事実なんだからな！」

「つまり、年上の妹という、矛盾した存在なわけですか？」

「そうだね、お兄ちゃん！　って、アホか！　言わせるなよ！」

斜め後ろからくっついたまま叫ぶ風に、剛は困ってしまった。

たぶん、本人は全然意識していないのだろうが、こうもベッタリ密着されているとさすがに照れてしまう。

さり気なく、離れるように言うべきだろうか。しかし、嫌がっていると思われたらマズイ気がする。

「あのう、先輩？」

「んっ、なんだ？　まだ妹扱いするつもりか？」

「そうじゃなくてですね、その……」

「？」

「……シャッフルのお手本を見せてもらえませんか？」

「お手本か！　おう、任せろ！」

風が身体を離し、剛は胸をなで下ろした。

誘導成功。我ながら上手くいったものだ。ゲームの勝負でもこのぐらい上手くやれるといいのだが。

風は剛を椅子に座ったまま少し下がらせると、膝《ひざ》の上にピョンと飛び乗ってきた。

目を丸くした剛に構わず、カードデッキを手に取ってシャッフルを始める。

「いいかー？　シャッフルっていうのはこうやるんだ！」

「さすが、上手いですね、先輩。……い、いや、そうじゃなくて、どうして膝の上に乗るんですか？」

「この方が教えやすいと思ってさ。妹みたいにしか思ってないんなら平気だろ？」

「ええっ……」

どうやら妹扱いしたのがまずかったようで、風は皮肉めいた事を言ってきた。

膝の上に腰を下ろした小さな先輩をどう扱ったらいいのか分からず、剛は困ってしまった。

「ほら、ちゃんと見てるか？　よく見て覚えるようにな」

「は、はあ」

風の肩から顔を出して、彼女の手元を眺める。

息がかかるほどの距離に風の横顔があり、さすがに緊張してしまう。

「ほら、高岩もやってみろ」

「は、はい。それじゃ……」

風の脇《わき》を通して両腕を前に出し、カードデッキを受け取る。

左右の腕で風の身体を挟む形になり、風を抱きかかえながらシャッフルを行うような感じになってしまう。

「ほらほら、どうした？　私がやってみせた通りにやってみろよ」

「は、はい。こ、こう、ですかね……」

「なんでそんなにぎこちないんだよ？　もっとシャシャッとできないか？」

「い、いや、今はこれが精一杯ですね……」

風を膝に乗せるのは二回目ではあるが、平気なはずもなく、剛は緊張に身を固くした。

重くはないし、苦痛は感じない。むしろ柔らかくて温かい上にいい匂《にお》いがして、どうにかなりそうなぐらいだった。

「あ、あのう、先輩。そろそろ離れてもらえませんか？」

「なんでだよ？　妹にしか思えないんならこのぐらい平気だろ？」

「それは謝りますから。もうシャッフルを教わるどころじゃないっていうか……刺激が強すぎてヤバい感じです」

「!?」

そこで風がニヤリと笑ったのに気付き、剛はギョッとした。

「じゃあ、しばらくこのままでいようっかなー？」

「ちょっ、先輩？　なんでそんな……」

「お前が妹扱いしたりロリ扱いしたりするからだよ！　年上の色気を味わうがいい！」

「いや、別に色気とかは感じませんが」

「あー、そう！　じゃあ、意地でも降りないからな！」

「ええっ……」

風は深く座り直し、背中を傾けて体重を預けてきた。

柔らかい感触と心地よい重みが増して、剛は参ってしまった。

「せ、先輩、あの……お願いですから降りてもらえませんか？」

「嫌だね。ぜってー降りない！」

「し、しかし、このままだと……もしも誰か来たら、まずくないですか？」

「こんな校舎の隅っこにある資料室に用がある人間なんていないないだろ。誰も来やしないって」

「ですが……」

どうにかして風に降りてもらえないかと、剛が頭を悩ませていると。

なんの前触れもなく、出入り口のスライドドアがガラッと開いた。

「こんにちはー！　風、いるー？」

「「⁉」」

いきなり現れたのは、セミロングの髪をした美少女、風の友人、春日由衣《かすがゆい》だった。

笑顔で部室に飛び込んできた由衣だったが、剛と風の姿を見るなり、目を丸くしていた。

「ふえええええ⁉　な、なにしてるの、二人とも！」

「ま、待て、落ち着け、由衣！　これは違うんだ！　話を聞け！」

「あわわわ……と、とりあえず写真を……」

「やめろバカ、撮るな撮るな！　違うんだってば！」

由衣がオロオロしながらスマホを構えて撮影ボタンを連打し、風が両手をバタバタさせて慌てふためく。

剛は数秒間硬直していたが、やがてハッと我に返った。

軽く深呼吸をしてから、真面目《まじめ》な顔で由衣に告げる。

「よく来てくれました、春日先輩。おかげで助かりました」

「えっ、助かったって、まさか……風の方から？」

「はい。俺はもう勘弁してくださいと頼んだのですが、先輩は聞いてくれなくて……意地でも降りないとか言い出して、困っていたところです」

剛の話を聞いた由衣は顔色を変え、風は真っ赤《まっか》になって叫んだ。

「おいコラ、誤解を招くような言い方するな！　違うからな、由衣！」

「えっ、じゃあ、風の方から膝の上に乗ったわけじゃないの？」

「い、いや、私の方からだけど、それは高岩のヤツが妹扱いしやがるから……」

「意地でも降りないって言ったの？」

「い、言ったけど……それも高岩のヤツが悪いんだ！」

「風が強引《ごういん》に高岩君の膝の上に乗って、彼が降りてと言っても拒否して乗り続けたのよね？

完全に風が加害者じゃないの！」

「違うんだってば！　こら高岩もなんとか言え！　私の無実を証明しろ！」

「俺は事実しか言っていませんが……」

加害者扱いされ、風はうろたえまくっていた。

由衣のおかげで危機を脱した剛は、彼女に深く感謝した。

「本当に助かりました。ありがとうございます」

「う、うん。でも、大丈夫なの？」

「結構ギリギリでしたけど、平気です。先輩があとほんのちょっとでも育っていたらヤバかったですが……」

「あー、それはあるかもねー。大変だね、高岩君」

色々と察したのか、由衣は同情の目を向けてきた。

剛は由衣に頭を下げつつ、まだ膝の上に乗ったままでいる風をいつ降ろしてやろうかと悩んだのだった。


「いや、なんで私が悪者みたいになってるんだよ！　納得いかないぞ！」

「先輩は悪くないですが、もう少し自重してください」

「なにをだよ？　あっ、なんで目をそらすんだ？　ハッキリ言えよ！」

EX2　風の独り言②

どうも、峰内風《みねうちふう》だよん。みんな元気か？

改めて言っとくけど、私はロリじゃないし小学生でもないんだ。

標準よりやや小さいのは事実だが、嘘《うそ》でも冗談でもなく高校二年生なので間違えないように。

私をロリ扱いするヤツは、手足のいずれかの小指をへし折っちゃうぞ？　てへっ。


こんな私ではあるが、ちゃんと同い年の友達がいる。

春日由衣《かすがゆい》とは、小学校の頃からの付き合いだ。

由衣は昔から明るくて陽気なヤツで、なんでもそつなくこなすタイプ。

美人でプロポーションもいいので、かなりモテる。

性格的にはちょっと天然というか、少し変わったヤツなんだけどな。

いいヤツなんだけど、ちょっとばかり思い込みが激しくて、恋愛脳なのが玉に瑕《きず》かな。

由衣とは古い付き合いなので、当然ながら彼女は、私がゲーム好きなのを知っている。

Koryaku Dekinai Mineuchi san

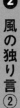

私が部活、それも文科系の部に入部しようとしている事を、由衣はとても喜んでいた。

由衣曰く、体育会系の部に入ると揉《も》め事《ごと》を起こすに決まっているし、帰宅部のまま放置しておくのは危ないとかなんとか。

私は猛獣かよ。こんなに小さくて大人しいのにさー。


「えっ、一年生の男子と二人きり？　それって大丈夫なの？」

私を除く部員が男子の高岩だけなのを知ると、由衣は心配そうにしていた。

馬鹿《ばか》みたいに真面目《まじめ》なヤツだから大丈夫だと告げると安心したみたいだったが。

かわいい（？）後輩が安全だと理解してもらえて私はうれしかったのだが、今度は別の問題が出てきた。


「ねえねえ、それで高岩《たかいわ》君とはどうなの？　なにか進展はあった？」

「……いつも通りだよ。昨日も私が勝った」

「そうじゃなくてさー。あるでしょ、なにか。男女が密室に二人きりなんだからさー」

どうも由衣のヤツはなにか誤解しているみたいで、私と高岩が単なる先輩後輩の間柄ではないと思い込んでしまったらしい。

思い込みが激しいのが由衣の欠点だ。今までにも勘違いで色々やらかしているのに、全然成長してないな。

身体の方は私の数倍育ってるのに……って、やかましいわ！

小学生の頃はほとんど差がなかったのに、なんでこんなに発育の仕方が違うんだろ？　実に不思議だ……。


「誰《だれ》にも言わないから教えてよ。ぶっちゃけ、キスぐらいした？」

「するか！　妄想も大概にしろ！」

由衣の脳内では、私と高岩は既に付き合っているみたいな感じになっているらしい。

なにをどうしたらそうなるのか、説明してもらいたいもんだが、無理だろうな。

由衣は、フィーリングで生きている。理屈じゃない、感覚だけで物事を判断するんだ。

そんなのと議論するだけ無駄だし、勝てるわけがない。

なので、適当にスルーするのが賢い対処法だ。


「一応、年上なんだし、風がリードしてるの？　それとも高岩君の方からグイグイ来てる感じ？」

「そうだな、どっちかっていうと、高岩のヤツが……って、アホか！　そういう関係じゃないって言ってるだろ！」

スルーできない時もあるけどな。

ほっとくとどんどん妄想が過激になっていくから、たまにブレーキをかけてやらないとダメなんだ。

悪いヤツじゃないんだけどなあ。ほんと、困った友達だよ、まったく。

「私から高岩君に言っといてあげよっか？　風は初心者だからあんまり過激なプレイは控えるようにって」

「なんの話だよ⁉　いらん事するな！」

悪いヤツじゃない……はずだ、たぶん。最近ちょっと自信なくなってきたけど。

7 学食デビュー

剛《つよし》が入学してから一ヶ月がすぎ、高校生活にも慣れてきた。

そこで剛は、まだ利用していない施設へ行ってみる事にした。

中学までとは違い、高校は校内に食堂がある。俗に言う学生食堂、学食というヤツだ。

これまで剛は昼食を売店のパンで済ませていたのだが、そろそろ学食を利用してみてもいい頃合《ころあ》いだろう。


この高校の学食は、体育館の真下にあった。一階が食堂や売店、二階が体育館という構造だ。

昼休みになり、剛は学食へ行ってみた。教室の三倍ぐらいありそうな広さの食堂には大勢の生徒が詰めかけていて、かなり混雑していた。

売店には何度も来ているが、学食に入るのは初めてだ。さすがに緊張してしまう。

「ええと、まず、食券を買うのか？　券売機は……あそこか」

生徒がズラリと列を作って並んでいて、その先に自販機らしき機械がある。あれが券売機で

Koryaku Dekinai Mineuchi san

間違いなさそうだ。

剛が列の最後尾に並ぶと、そこでいきなり背後から声を掛けられた。

「おいコラ、一年坊。先輩に順番を譲りな～」

「⁉」

ガラの悪い上級生に絡《から》まれたのかと思い、慌てて振り返ってみると。

そこには、すごく小さい、外見上は幼い美少女といった姿をした人物、峰内風《みねうちふう》が立っていて、剛を見上げてニヤニヤしていた。

「な、なんだ、先輩だったんですか。上級生のヤンキーグループにでも目を付けられたのかと思ってあせりましたよ」

「うちの学校にはそんなのいないから安心しろ。大体、こんなにキュートなヤンキーが存在すると思うのか？」

「そうですね。ヤンキーじゃなくてもこんなにかわいい人はそんなにいないでしょうし」

「えっ、そ、そうか？　って、やめろ！　からかうなよな！」

剛は風に順番を譲ろうとしたが、風は「いい、いい。冗談だよ」と言っていた。

「高岩《たかいわ》はいつも学食で食べてるのか？」

「いえ、実は今日が初めてで……大丈夫でしょうか？　一年生が学食に来るのは十年早い、とか言われて追い出されたりしませんか？」

「常連客以外には塩対応のラーメン屋じゃないんだから。大体十年後じゃもう卒業してるだろ」

剛が微妙に緊張しているのが分かったのか、風はニッと笑い、拳《こぶし》を剛の背中に当ててグリグリしながら呟《つぶや》いた。

「なに固くなってるんだよ？　学食は生徒みんなが自由に利用する場所なんだぞ。リラックスしろって」

「は、はあ。なにしろ学校に食堂があるのなんて、高校で初めて経験するので……」

「そういやそっか。まあ、別に難しい事はないからすぐ慣れるよ。席が取れなかったり、食べようと思ってたのが売り切れだったりする事はあるけど、トラブルなんてそのぐらいのもんだし」

笑顔に軽い口調で言う風に、剛はうなずいた。

初めて利用する施設に知り合いがいるというのは心強く、小さな風が妙に頼もしく思えてしまう。

「さすがは先輩、頼もしいですね」

「ふっ、そうだろうそうだろう。もっと年上の私を頼っていいぞ！　分からない事があったらなんでも訊きなさい！」

「それじゃ、先輩のスリーサイズ……はどうでもいいので、弱点を教えてください」

「なんでだよ、少しは興味を持てよ！　どうでもいいってのはひどすぎだろ！　ちなみに98、

68、90だぞ」
「えっ、きゅ、90以上って……鎧《よろい》かなにかを着た上から測ったんですか？」

「いやー、実は私、超着やせするタイプなんだよなー！　服の上からだと分かんないだろ？」

「……」

風の小柄なボディ、特に薄い胸回りをジッと見つめてみる。

もしも本人の申告通りのサイズだとすると、これは着やせしているというレベルではないと思う。分子レベルで圧縮でもしているのだろうか。

剛が疑いの眼差《まなざ》しを向けると、風は気まずそうに目をそらしていた。

「じょ、冗談だから。そんな目で見るなよ……」

「よかった。あくまでも言い張るのなら、先輩に脱いでもらうしかないと思ったんですが」

「私を無理矢理脱がすつもりだったのか？　実は興味津々なんだろ！　このムッツリ！」

「ムッツリって……ひどいですね」

列が進み、順番が近付いてきた。

券売機に沢山のメニューボタンがあるのを見て、剛は呟いた。

「結構、色々あるんですね。どれがいいのか……先輩はなににするんですか？」

「んー？　そうだな、私はカツ丼の大盛り……」

剛の前には数人の女子が並んでいて、丁度、なにを食べるのかを話していた。

「サラダにしよっかな」「私はかけうどん」「私はかけそばだね」「サンドイッチセットにしようかな。最近、体重が……」と、なぜか全員、減量中のようなメニューを選ぼうとしている。

彼女達の会話を耳にした風は引きつり、ぎこちない笑みを浮かべて呟いた。

「カ、カツ丼がオススメだけど、私ってばめちゃめちゃ少食だからな！　サラダ（小）にでもしとこうかなー」

「先輩、サラダ（小）は売り切れみたいですよ」

「えっ、そ、そう？　じゃあ、どうしようかな〜？」

売り切れと聞いてホッとした様子の風に苦笑し、剛は告げた。

「先輩のオススメなら、俺《おれ》はカツ丼にします。先輩もどうですか？」

「そ、そうだな。後輩に合わせてあげるのもいいかもなー？」

先程の女子達にも聞こえたようで、こちらをチラチラと見ながら囁《ささや》き合っていた。

「カップルが同じの食べるんだって」「学食はカップルの出入り禁止にしてほしいわ」「私達もカップルに負けないようカツ丼にしようよ！」などと言っていて、全員がカツ丼のボタンを押していた。

剛は首をかしげ、風は俯《うつむ》いて「カ、カップルじゃないし……」と呟いていた。

「食券を買ったら、奥のカウンターに行けばいいんですか？」

「そうそう。メニューごとに場所が違うから、そこに並べばいいんだよ。カツ丼は向かって一番右だな」

風に連れられ、剛はカツ丼のカウンターに並んだ。

「食券を出す時に50円払うと大盛りになるぞ」

「そうなんですか。とりあえず今日は普通のにしてみます」

しばらくして、二人は無事にカツ丼を確保した。風はさり気なく大盛りにしている。

食堂内は大勢の生徒で賑わっていて、ほぼ満席の状態だった。

「高岩は一人か？　それじゃ、私達と一緒に食べるか？」

「私達？」

食堂には長いテーブルが数列並んでいて、それとは別に四人掛けのテーブルがいくつか設置されていた。

風は四人掛けテーブルの一つを確保しており、そこには風の友人、春日由衣《かすがゆい》が待っていた。

他のテーブルはほぼ満席で座る場所はなさそうだ。ここは風の厚意に甘えさせてもらう事にする。

風が由衣の隣に座り、剛は向かいの席に腰を下ろした。

由衣はごぼう天うどんを注文していて、ニコニコして剛を見ていた。

「こんにちは、春日先輩。ご一緒させてもらってもよろしいでしょうか？」

「うん、いいよいいよ。風に捕まっちゃったんでしょ？　高岩君も大変だね」

「おいコラ、私が無理矢理連れてきたみたいに言うな！　私は先輩として後輩の面倒を見てあげてるだけで……」

「高岩君を見付けるなり私をほったらかしてすごい勢いですっ飛んでいったよね。まるで獲物を見付けた野生の獣か、標的をロックオンしたミサイルみたいだったなー」

「……もうちょっとかわいらしいものにたとえられないのか？」

「あれ、否定しないんだ？　そんなに高岩君が気になるの？」

「そんなんじゃないし！　いちいちからかうなよな！」

上級生の女子二人と相席する事になり、剛は緊張してしまった。

二人はまったくタイプが違うが、どちらもかなりの美人だ。周囲から注目されているような気がするのは気のせいだろうか。

「高岩、学食の利用の仕方は分かったか？」

「あっ、はい。先輩に教えてもらったおかげで、大体は」

「ふっ、そうだろう、私は頼りになるだろう？　もっと頼れ！　リスペクトしてもいいぞ！」

「うわあ、風が調子に乗りまくってる……後輩に頼られたのがうれしくてたまらないんだね？それとも相手が高岩君だからかな？」

「う、うるさいな。うどんがのびる前にさっさと食べろよ！」

「はーい」

風は手を合わせて「いただきます」と呟き、箸を手にしてカツ丼を食べ始めた。剛もそれにならい、食べる事にした。

学食のカツ丼はカツがかなり薄い気がしたが、味の方はさっぱりした甘口の醤油味で悪くなかった。

量はそこそこ多く、少なすぎて足りないという事はなさそうだった。

風の様子を見てみると、大盛りのカツ丼を笑顔で幸せそうに食べていた。

なんとなくだが、男っぽくガツガツと豪快に食べるんじゃないかというイメージのある風だが、意外なほど行儀よく、女の子っぽい仕草で食べていた。

剛の視線に気づいたのか、風がジロッとにらんでくる。

「なにジロジロ見てるんだよ。食べにくいだろ」

「すみません。先輩があんまり美味《おい》しそうに食べているので、つい」

「べ、別にそんな、普通だろ、普通。幼子を見るような目で見るのはやめろ！」

風に注意され、剛は慌てて視線を手元に戻した。

チラッと見てみると、風はまたニコニコしてカツ丼をひょいぱくひょいぱくと食べている。

由衣は静かにうどんをすすりながら、剛と風の様子を見ていた。

「ふむふむ。まだ深い仲にはなってないみたいだけど、日に日に親密度が上がっている気がするね」

「そういうのはやめろってば。無理矢理くっつけようとするなよな」

「そんなつもりはないんだけど。高岩君の前だと、風が女の子っぽく振る舞ってるのが愉快でさー」

「どこがだよ！　適当な事を言うなよな！」

風が由衣にからかわれているのを、剛は黙って聞いていた。

自分が絡んでいる話のようなので、口を挟みにくかった。なにか言えば余計にからかわれてしまいそうだ。

「高岩君はどう？　風と話すのは楽しい？　ムラムラしちゃう？」

「なんだその質問は⁉　高岩、答えなくていいぞ！」

剛は少し考えてから、ポツリと呟いた。

「先輩と話すのは楽しいですよ。別にムラムラとはしませんが」

「むっ、冷静に答えたね。でも楽しいんだ？　ふーん」

「当然でしょう。こんなに明るくてかわいい先輩と話していて楽しくないわけがないじゃないですか」

「そ、そう。結構ストレートに言うんだね」

由衣は感心したようにうなずき、その隣で風は顔を赤くしていた。

「お、お前はまた、そういう……平然と恥ずかしい事を言うなよな！　からかってるのか？」

「素直な感想を述べているだけですが、なにか変でしたか？　先輩をからかった事なんてないのに」

「いや、それは嘘《うそ》だろ！　隙あらばからかおうとしてるくせに！」

「えー……」

自分はそんなに凪をからかっていたのだろうか。特に覚えがなく、剛は首をひねった。

「高岩君も結構謎《なぞ》だよね。どこまで天然で言ってるのか、分かんないところがあるし」

「だろ？　どうもコイツ、つかみどころがないところがあるんだよな」

「凪は凪でお子様なのか乙女なのか分かんないとこあるしね。高岩君には年上のお姉さんに見られたいみたいだけど」

「見られたいんじゃなくて、私は実際に年上なんだってば！　それを忘れるなよ！」

そこでふと、先程の凪との会話を思い出し、剛は由衣に尋ねてみた。

「あの……先輩は着やせするタイプらしいんですが、事実ですか？」

「えっ？　凪が着やせ？」

「胸囲が90以上あるとか」

「ええっ⁉　この子、そんな事言ってたの？」

由衣が驚き、凪は真《ま》っ赤《か》になっていた。

「お、おい、あれは冗談だって言っただろ！　なんでまた蒸し返すんだよ！」

「いや、もしかして万が一にも事実だったとしたら大変だと思いまして。念のため、確認を」

「必要ないし！　なんのための確認だよ!?」

うろたえる風を、由衣はジーッと見ていた。

「……90以上はさすがに盛りすぎでしょ。80ぐらいにしとけばまだ現実味があったのに」

「おい、マジなツッコミはやめろよ！　悲しくなるだろ！」

「そんな見栄を張るなんてかわいそう……もしかして高岩君に女性として意識してもらうため？」

「違うから！　憐《あわ》れむような目で見るなよ！」

「あの、それで結局、先輩は着やせしてるんですか？」

「しつこいな！　やっぱりお前、ムッツリだろ！」

8　大は小を兼ねない

Koryaku Dekinai Mineuchi san

放課後、専門棟にある部室にて。

いつものごとく、剛《つよし》は風《ふう》と話していた。

「単純な区分の話なんですが、俺《おれ》が『大』だとすると、先輩は『小』になりますよね」

「んん？　なんだ？　私が小さいから馬鹿《ばか》にしてるのか？」

「いえ、そんなつもりは……大中小の駒を使うゲームがあるので、やってみないかと思いまして」

「ふーん。別にいいけどさ」

今回、剛が用意したゲームは『ゴブレットゴブラーズ』。

立体型の三目並べゲームで、駒には大中小のサイズがあり、小さな駒に大きな駒を被《かぶ》せる事ができるため、単純な三目並べに複雑な戦略性が加わったゲームとなっている。

「小は中に、中は大に覆《おお》われて隠れちゃうわけか。手前に高岩がいると、その向こうにいる私は見えなくなるのと同じだな」

「はは、そうですね。人混みの中で先輩を見付けるのは大変そうです」

「……やっぱり馬鹿にしてるだろ？」

「そんな事はないですよ。小さい方が小回りが利《き》いていいじゃないですか。かわいいですし」

「そ、そうか？　年下からかわいいって言われるのはどうかと思うけど……」

などと言いつつ、颪は満更でもなさそうな顔をしていた。

機嫌を直してくれたようで剛はホッとした。颪には笑顔でいてほしいと思う。


ゲームをプレイしながら、不意に颪が呟《つぶや》いた。

「ふむ、小は大に隠れてしまう、か。なあ、高岩《たかいわ》」

「はい。なんでしょう」

「男ってヤツは、おっぱいの大きさで人間の価値を判断する生き物なのかな？」

「⁉」

いきなりおかしな事を言い出した颪に、剛は息を呑《の》んだ。

なぜ、今ここでそんな話題を引っ張り出してきたのか。颪の意図が読めない。

「今日、体育の授業があってさ。体育館でバレーボールだったんだ」

「……そうでしたね」

「あれ、知ってたのか？　まあいいや。それでさ、体育館の前半分は私達で、後ろ半分はどこかのクラスの男子が使っていて、バスケやってたんだ」

「……やってましたね」

「？　んで、ゲームの順番待ちかなにかの連中がさ、女子の方を見てやがるんだよ。まあ、普通に見学してるだけならいいんだけどさ」

「……なにか問題がありましたか？」

するとは、不愉快そうに呟いた。

「ある特定の女子が動くと、男子連中がザワザワするんだよ。ナイスなプレイに歓声を上げるのとは明らかに違う感じなんだ。分かるか？」

「なんとなく」

「その特定の女子っていうのがさ、みんな胸が大きいヤツなんだよ！」

「ははあ」

「つまり男子連中は、胸が大きい女子がサーブ打ったりレシーブしたりした時に、胸が揺れてるのを見てザワザワしてやがったんだよ！　一年の男子だと思うんだけど、とんでもない連中だな！　地獄に落ちればいいのに！」

「……」

風の話を聞き、剛は嫌な汗をかいた。

なぜなら、その一年男子のクラスというのは、剛が所属する1-3のクラスだからだ。体育は男女別ニクラス合同で行うので、4組の生徒も一緒だったが。

ともかく、剛もその場にいたのだ。無論、剛は騒いだりはしていないが、二年女子のバレーボールを見てはいた。

「由衣のヤツもザワザワされてたな。あいつも結構あるからな……」

風の友人、春日由衣の姿を思い浮かべ、剛は納得したようにうなずいた。

確かに由衣はプロポーションがよかったし、美人でもあるので注目されていたと思う。

「んで、私だよ。私がサーブ打ったりレシーブしたりしても、男子連中は無反応で静まり返ってやがるんだ。なんか『お前じゃない、おっぱいの子にボールを回せ!』って無言の圧力かけられてるみたいでさ……」

「……きっと、心の中で声援を送っていた人間も一人ぐらいはいたと思いますよ」

「そうかあ? いても少数派だろ。特殊な性癖持ちのヘンタイかもしれないし」

「……」

「私は別に、男子にザワザワされたいわけじゃないんだ。ただ、おっぱいのある者とない者で差別されているような風潮が気に入らないというか……ハッキリ言ってむかつく」

「……」

「それでどうなんだ、高岩。男ってのはおっぱいの大小で人間の価値を決めちゃうのか?」

ゴブラーズの大中小の駒を並べ、風が問い掛けてくる。

非常に答えにくい質問をされ、剛は困ってしまった。

否定するのは簡単だが、それで終わるとは思えない。きっと風は納得いくまで問い詰めてくるだろう。

風の逆鱗に触れないよう、細心の注意を払いながら切り抜けるしかない。ある意味これはデスゲームだ。

「胸が大きい女性を好む男は多いと聞きますね。知り合いにもいます」

「そうか。それでお前個人の意見としてはどうなんだ？」

「お、俺個人としては……別にそんなこだわりはないというか……あんまり気にならないですね」

「気にならないのか。ふーん、そうなんだ……」

風がうなずき、剛は胸をなで下ろした。

意外と簡単に納得してくれたようだ。揉《も》め事《ごと》にならずに済んでよかった。

「……って、納得できるかあ！　嘘《うそ》をつくなあ！」

「ええっ⁉　い、いや、俺は嘘なんか……」

「いーや、嘘に決まってる！　どうせあれだろ、まともに相手をしたら面倒だから適当な事言って誤魔化《ごまか》してるんだろ！　お前も胸が大きい女が好きに決まってるし！」

「き、決め付けがひどいですね……」

やはりというか、風は全然納得なんかしてくれなかった。

なんて面倒な、と思いつつ、剛は穏やかな口調で風をなだめた。

「先輩、落ち着いてください。なんでもそうですが、大きい方が優れているとは限らないじゃないですか」

「はっ、どうだか。どうせお前もおっぱいユサユサさせてる女ばっか見てるんだろ！」

「お、俺はその……小さい身体を一生懸命動かしてる人の方を見ていると思うので……」

「なんの話だ？　小さい子ばっかり見てるって……ロリ好きだってカミングアウトしてるのか？」

「……違いますよ」

　意味が分からないらしく、凪はしきりに首をひねっていた。

「胸の大小なんてどうでもいいじゃないですか。小さい事です」

「私の胸が小さいからどうでもいいだと!?　なんてひどい事を言うんだお前は！　このムッツリ！　巨乳好き！」

「そうは言っていないでしょう。めちゃくちゃな解釈はやめてください」

「めちゃくちゃ小さいだと!?　ひどすぎる！」

「……」

　どうやら凪は、胸の事になると冷静な判断ができなくなるらしい。剛は頭が痛くなってきた。

「先輩、一旦《いったん》落ち着きましょう」

「フーッ！　フーッ！」

「落ち着いて。要するに先輩はどうしたいんですか？　男はみんな胸が大きいのが好きだって認めさせたいのか、そんな事はないと否定してほしいのか……どっちなんですか？」

「フーウウウウ……い、いや、それは……正直、私にも分からない……」

「分からないんですか。それならもう……」

「分からないが、胸のあるなしで差別されるこの世界は間違っていると思う！　間違いは正さなければなるまい！」

「せ、先輩？」

「巨乳好きは見付け次第ぶちのめす！　巨乳も目障りだからぶちのめす！　そうだ、同志を募って組織を作ろう！　全国規模で巨乳好きと巨乳を粛正してやれば、平和な世界が築けるはず……！」

「せ、先輩、気を確かに！　発想がテロリストみたいになってますよ！」

「うあああああああ！　でかいおっぱいがなんぼのもんじゃああああああ！」

立ち上がり、叫び出した風に驚き、剛は慌てて席を立ち、風の肩を押さえてなだめた。

やがてどうにか風は落ち着き、まぶたをパチパチさせて呟いた。

「はっ、私は一体なにを……なにかとんでもない事を口走ってしまったような……？」

「大丈夫ですよ、先輩。俺はなにも聞いていませんから」

「そ、そうか。面倒掛けたな……」

感情を爆発《ばくはつ》させた反動なのか、風は妙に大人しくなっていた。

　畳みかけるなら今しかないと思い、剛は颪に告げた。

「胸の大小なんかで人間の価値は決まりませんよ。気にしないでください」

「ほんとに？　おっぱい大きいのは正義だとか思ってない？」

「思ってませんから。小さくてもいいじゃないですか。かわいいですし」

「……だ、だから、サラッとかわいいとか言うなってば！　お前はほんとそういうとこがあれだぞ！」

　などと言いつつ、颪は照れたように笑っていた。

　どうやらデスゲームを生き残る事ができたようだ。剛は安堵《あんど》した。

「高岩はきっと、胸がない方が好みなんだろうな……でも残念、私は着やせするタイプだから、期待には応《こた》えられそうにないな！」

「えっ……まだそんな妄言を……？」

「妄言言うな！　実は隠れ巨乳だったりしたらどうする？　土下座して謝るか？」

「全裸で土下座してもいいですよ」

「くっ、コイツ、絶対ありえないと思ってるな！　今に見てろ、こっそり育ってやる！」

「別にこっそり育つ必要はないんじゃ……いえ、すみません、なんでもないです」

9 経験値を稼ごう

Koryaku Dekinai Mineuchi san

「俺《おれ》はもっと、強くならなくちゃな。このままじゃ先輩には勝てない……」

剛《つよし》は悩んでいた。何度挑んでも、どんなゲームを選んでも、峰内風《みねうちふう》には勝てない事に。

風には部員になってもらいたいし、いい加減、彼女に勝ちたいと思う。

そのためには、やはり剛自身が強くならなければならない。

風以外の相手と対戦して、経験値を積んだ方がいいのかもしれない。


教室にて、休み時間。剛が悩んでいると、クラスメイトの一人が声を掛けてきた。

「高岩《たかいわ》、お前、ゲームの対戦相手を募集中なんだって？　俺、格ゲーなら結構得意だぜ」

それは剛の数少ない友人の一人、鈴木だった。

同じ中学の出身で、それなりに親しい間柄だ。やや目付きが悪いのがあれだが、割と気さくで話しやすい人物だ。

リア充をというか、彼女持ちや女子と縁がある人間を憎んでいるという、非常に困った面を持つ男でもある。

ヘラヘラと笑って話し掛けてきた鈴木に、剛は真顔で答えた。

「いや、テレビゲームのようなデジタル系じゃなくて、カードゲームやボードゲームなどのアナログ系ゲームの話なんだ」

「アナログ系ねえ。俺も昔はカードゲームでブイブイいわせてたが、いつの間にかやらなくなっちまったな。今は無料のソシャゲとか、スマホで面白《おもしろ》いゲームが一杯あるしな」

「確かに、そっちが一般的かもな。だが、アナログゲームにしかない面白さというものが……」

「それは俺にも分かるぜ。リアルでやるゲームにしかない面白さってあるよな。トランプなんかもそうだし、他にも……バストサイズ当てゲームとか面白いよな！」

「!?」

おかしな事を言い出した鈴木に、剛は眉根《まゆね》を寄せた。

「ちょっと待ってくれ。なんだそれは……どこのメーカーが出しているゲームなんだ？」

「売ってるゲームじゃねえって。無料でできるゲームだよ。男なら一度はやった事あるだろ」

「い、いや、俺はやった事ないな……」

「やり方は簡単、見える範囲内にいる女のバストサイズを予想するのさ。たとえば……うちのクラスだと、堀川なんかはかなりデカそうだよな」

鈴木が目を向けた先にいたのは、同じクラスの女子、堀川恵美《ほりかわえみ》だった。

長い髪に、明るい笑顔、かなり発育のいい均整の取れたプロポーションの美少女で、女子の中心的な人物だ。

「堀川と仲がいい、朝霧もデカいよな。あいつは90以上は確実だと思うぜ」

次に鈴木が目を向けたのは、朝霧夕陽《あさぎりゆうひ》。ショートボブに眼鏡《めがね》が似合う優等生で、クラス委員を務めている。

ややキツイ感じがするが、彼女もまた美少女であり、プロポーションはかなりいい。

「あとは、大橋とか……って、いないな。まあ、あいつはどうでもいいけどよ」

「す、鈴木、そういう遊びはやめた方が……女子に知られたら騒ぎになるぞ」

「俺の予想じゃ、堀川は88、朝霧は92ぐらいか？　高岩はどう思うよ？」

「い、いや、俺はそういうゲームはちょっと……」

「真面目《まじめ》ぶるなよな！　って、お前は真面目か。でもよ、たまにはこういう頭を柔らかくするゲームもいいと思うぜ？」

「頭を柔らかく……マシュマロみたいにか？」

「おう、そうそう。クラスの女子全員のバストサイズを当ててやろうぜ！」

「マシュマロだけにな！」などと言ってニヤリと笑う鈴木に、剛は息を呑《の》んだ。

なんて馬鹿《ばか》な事を大真面目に語る男なんだと思うが、その柔軟な考え方は見習うべきなのかもしれない。

やってみるべきか否か、剛が悩んでいると、そこへ先程話題に上がった堀川恵美が近付いてきた。

「高岩君、ゲームが強い相手を探してるって聞いたんだけど。それなら一人知ってるよ」

「えっ、本当に？　よければ紹介してくれないか？」

「いいよー。夕陽、ちょっと来て！」

恵美が紹介してくれたのは、彼女の友人、朝霧夕陽だった。

「やべえ、88と92が来やがった」などと鈴木が呟《つぶや》いていたが、剛は聞こえないフリをしておいた。

しかし、朝霧夕陽は真面目な優等生という印象が強かったので、彼女がゲームをやるというのは意外だった。

「朝霧さんはゲームをやるのか。それで割と強い方だと」

「ええ、まあ。弱くはないつもりよ」

「それじゃ、俺と勝負してもらえないか？　実はゲームをやる部活を作ったんだけど、対戦相手を探していて……」

剛が簡潔に事情を説明すると、夕陽は納得したようにうなずいていた。

「強い先輩に勝つために練習相手がほしいのね。それぐらいなら別に構わないけど、部活に入ってくれという話なら遠慮するわ」

「いや、ゲームの相手をしてくれるだけでいいんだ。お願いできないかな？」

「そうね。暇な時になら付き合ってあげてもいいわ」

「あ、ありがとう、恩に着るよ」

身近なところで練習相手が見付かり、剛はうれしくなった。

丁度、風との対戦に使うつもりだったゲームがあったので、それを使ってみる事にする。

「『ハゲタカのえじき』か。なるほどね」

「朝霧さんはやった事ある？」

「ええ、何度か。餌食になるのはどちらなのかしらね」

「こ、怖いな。お手柔らかに頼むよ」

今回、剛が用意したのは「ハゲタカのえじき」。1～15の数字が記された手札を一枚ずつ出して勝負し、点数の付いたハゲタカカードを取り合うゲームである。

カードは一枚ずつ一度しか出せないので、どのタイミングでどのカードを出すのかが重要になる。たとえば、最も強い15を出せば大体勝てるわけだが、出した後は14以下の手札で勝負しなければならない。

ハゲタカカードには点数がマイナスのものも存在し、獲得したカードの合計点が高い方が勝ちとなる。読み合いが楽しいゲームである。

勝負の結果、勝ったのは……剛だった。

「なるほど。割と強いんだな」

「う、嘘《うそ》でしょ、私が負けるなんて……もう一回、勝負よ！」

「ああ。いいとも」

休み時間をギリギリまで使って勝負したが、剛の連勝で終わった。

あくまでも練習ではあるものの、久しぶりに勝利する事ができて、剛はいい気分だった。風と勝負をするようになってから、剛は一度も勝てていないのだ。

勝負に勝つという感覚を取り戻せたような気がする。

対する夕陽は、かなり悔しそうにしていた。

「くっ、信じられない強さ……ゲームの部活を立ち上げるだけの事はあるじゃないの！」

「いやまあ、そんなに大したものでもないんだけどね……」

その部活で部員でもない相手に連日負けまくっているとは言えず、剛はぎこちない笑みを浮かべた。

「……という事がありまして」

「ふーん」

放課後、専門棟にある部室にて。

長机を挟んで風と向き合い、ゲームをプレイしながら、剛は今日の出来事を話していた。

せっかくなので「ハゲタカのえじき」で勝負する事にした。

勝つ感覚を取り戻した今なら、風に勝てるかもしれない。

気合十分、静かに闘気をたぎらせ、剛は風との勝負に挑んだ。

「ふふふ、今日こそは勝たせてもらいますよ、先輩……！」

「……」

やる気満々の剛とは対照的に、風は妙に静かだった。

手札を見ながら、風が呟く。

「同じクラスの女子と練習してきたのか。その子はどうだったんだ？」

「割と強かったですね。おかげでいい練習になりました」

「ふーん。それで、楽しかったのか？」

「えっ？　え、ええ、まあ……」

風の声音が妙に冷たいような気がして、剛は首をかしげた。

見たところ、いつもと変わらないようだが……機嫌でも悪いのだろうか。

「その子はかわいいのか？」

「そうですね。かわいい部類に入るんじゃないかと思います」

「……即答しやがったなこの野郎……その子は私よりも大人っぽいのか？」

「えっ？　そ、そうですね、割と落ち着いていて、大人っぽい方でしょうか。うーん、でも先輩と比べたら……ギリギリ先輩の方が大人っぽいかも……」

「ふっ、そうか、私の方がな……ふふふ」

「ははは……」

そこでガン、という音がして、長机がガタンと揺れ、剛はギョッとした。

向かいに座る風は笑顔だったが、目が笑っていなかった。

「あ、あの、先輩。今、机を蹴《け》りました？」

「いや、蹴ってないが。なんの話だ？」

「……」

なんだか知らないが、風から目に見えない圧のようなものを感じる。

剛としては風に気を遣ったつもりだったのだが、風の方が大人っぽいというのはあまりにも真実味がなさすぎたか。

「割と大人っぽい、か……じゃあ、胸がでかかったりするのか？　ボインボインか？」

「え、えーと、それは……ま、まあ、普通……よりも少し大きめだったかな……」

朝霧夕陽の胸がクラスでも一、二を争う大きさだったのを思い出し、冷や汗をかく。

そこで再びガン、という音がして、長机が揺れ、剛はギョッとした。

「せ、先輩、また机を蹴りましたか？」

「蹴ってないって言ってるだろ。なぜ私が机を蹴る必要があるのか、分かるように説明してみろ！」

それはむしろ剛の方が説明してもらいたいのだが、今の風に余計な事は言わない方がよさそうだ。

剛が黙っていると、風はボソボソと呟いた。

「かわいくて、大人っぽくて、胸がでかい子とゲームをして楽しかったのか……そりゃよかったな」

「せ、先輩？　なにか気に障る事でも……」

「ああ？　全然、私はいつも通りだが？　……私の手札は7、高岩は6、私の勝ちだな。5点のハゲタカカードはもらうぞ」

「あっ、はい。じゃあ、次のハゲタカカードは……7点ですね」

「私の手札は10、高岩は9、私の勝ちだな。7点のハゲタカはもらった！」

風は次々と剛より強いカードを出していき、ハゲタカカードを取っていく。

もはや自分には勝ち目がないのを悟り、剛はぐぬぬとうなった。

「どうした高岩、練習の成果は？　全然ダメじゃないか」

「こ、こんなはずは……あれだけ練習したのに……」

「どうせ、かわいい女の子のでかい胸ばっか見てたんだろ！　そんなんで練習になるわけないだろうが！　この巨乳好きのムッツリ野郎め！」

ゲームに負けるわ、風には罵《ののし》られるわで散々だった。

しかし、変に誤解されたままではマズイと思い、剛は風に告げた。

「あのう、先輩」

「……なんだよ」

「朝霧さんには練習に付き合ってもらっただけで……俺の本命は先輩ですので、誤解しないでください」

「わ、私が、本命⁉　そ、それって、どういう……」

「先輩に勝つために練習したわけですから。倒すべき本命は先輩という意味です」

すると風はガクリと肩を落とし、剛をジロッとにらんだ。

「どうせそんな事だろうと思ったけど……なあ、高岩」

「はい、なんでしょう？」

「殴っていいかな？　割と本気《マジ》で」

「ええっ⁉　な、なぜですか？　暴力反対！」

ニコッと笑って拳《こぶし》を振り上げた風に、剛は戸惑うばかりだった。

10 副会長襲来

ある日の放課後、剛《つよし》は一人きりで部室にいた。

風《ふう》は用事があるらしく、少し遅れて来るらしい。

暇潰《ひまつぶ》しにトランプカードを手に取り、シャッフルの練習をしてみる。

剛は不器用なので、カードのシャッフルが大の苦手だった。いつもは風にシャッフル役を任せている。

「俺《おれ》は部長なんだし、シャッフルぐらいできないと……新入部員が入った時に困るよな」

などと呟《つぶや》きつつ、シャッフルの練習をしていると、不意に出入り口のスライドドアがガラッと開いた。

風が来たのかと思い、無意識のうちに笑みを浮かべた剛だったが、部室に入ってきたのは風ではなかった。

「ふん、ここが第三資料室か……」

「？」

それは長い髪を後ろでまとめた、目付きの鋭い、気の強そうな少女だった。

女子にしては長身で、スタイルもいい。かなりの美人だが、なにやら近寄りがたい雰囲気を漂わせていて、その手には、なぜか竹刀を握り締めている。

謎《なぞ》の少女は挨拶《あいさつ》もせずにズカズカと踏み込んできて、室内の様子を見回した。上履きに使われているゴム素材の色が赤である事から、二年生なのが分かった。

一体全体、何者なんだろうと思い、剛は声を掛けてみた。

「あのう、なにか御用でしょうか？　どちら様で……」

「むっ、貴様、私が誰《だれ》なのか知らないのか？」

「は、はい。どこかで見掛けたような気もしますが、初対面ですよね？」

「ふっ、この私を知らないとは面白《おもしろ》いヤツだ。いいか、よく聞け。私は……」

「あっ、ちょっと待ってください」

「？」

名乗ろうとした少女を制し、剛は部室に常備してある用紙にボールペンを添えて差し出した。

「こちらに学年とクラス、氏名の記入をお願いします。あと携帯の電話番号とメールアドレスも」

「ふん、よかろう。ここに名前を書けばいいのだな？　……って、これは入部届の用紙ではないか！」

「誰か来たらとりあえず入部届に名前を書かせておけ、とうちの先輩に言われていまして。ナ

イスなアイディアですよね」

「ふざけるな！　誰がこんな手に引っ掛かるか！」

入部届を突き返されてしまい、剛はしょんぼりした。

ちょっとだけ期待したのだが、どうやら入部希望者ではないようだ。

「私は、二年の佐々木静香《ささきしずか》。生徒会執行部の副会長を務めている者だ！」

「生徒会の副会長、佐々木静香さん、ですか？」

「そうだ。おい待て、私の名前を入部届に書き込むんじゃあない！」

「名前をメモするフリをして入部届に記入しちゃえ、と先輩に言われていまして。ナイスなアイディアですよね」

「どこがだ！　その先輩とやらは詐欺師かなにかか？　生徒会副会長であるこの私にそんな真似《まね》をするとは、いい度胸だな、貴様！」

「いやあ、それほどでも……」

「おい、別にほめてるわけじゃないからな！　照れくさそうにするんじゃない！」

謎の訪問者の正体は、生徒会の副会長だったらしい。

そう言えば、生徒集会などで壇上に立っているのを見たような気がする。

しかし、生徒会副会長がボドゲ部の部室になんの用なのだろうか？　心当たりがなく、剛は首をひねった。

「私は現在、校内の設備などを見て回っている。この第三資料室はほとんど使われていないらしいな。置いてある資料も古い物ばかりのようだ」

「あっ、はい。それでうちの部が部室として使わせてもらっているんです。ちゃんと許可も取っています」

「書類を見たので知っている。ボードゲーム研究部だったか？　部員は部長である高岩《たかいわ》剛という一年生一人だけらしいが、貴様がその高岩だな？」

「は、はい。確かに正式な部員は俺一人だけですが、部員になる予定の人はいます。今後はどんどん部員を増やしていく予定で……」

　そこで佐々木静香はクワッと目を見開き、叫んだ。

「嘘《うそ》をつけえええ！」

「ええっ⁉　い、いや、嘘なんかじゃ……」

「どうせ名前だけの適当な部活を作って空き部屋を占拠しているのだろう！　この学校にはそういった名ばかりの同好会が山ほどあるのだ！　それらの実態を調査し、整理するのが私の仕事だ！」

「整理するって、まさか……」

「無論、廃部にする。活動していない同好会に部室など与えても無駄なだけだ。無駄を排除し、正規の部活に力を注《そそ》いだ方が有益というものだろう！」

竹刀を振り回し、強い口調で訴える静香に、剛は圧倒されてしまった。

そして、彼女がなぜここに来たのかを、ようやく理解した。

要するに同好会がきちんと活動しているのかどうかをチェックしているわけか。

しかし、困った。よりによって風が不在の時に生徒会の監査が入るとは……非常にマズイ状況だ。

「ここはボードゲーム研究部だと聞いたが、トランプで遊んでいたのか？　それも一人で」

「アナログ系のゲームはすべて取り扱うので、トランプも対象なんですよ。いつもは部員候補の人とゲームをしています」

「ふん、架空の部員候補とやらをでっち上げてこの場を切り抜けるつもりか？　貴様、意外と策士だな」

「ほ、本当に部員になる予定の人はいるんですよ！　今日はたまたま用事があるから遅れると連絡が……そろそろ来るはずです」

剛は説明したが、静香は疑いの眼差《まなざ》しを向けてくるだけだった。

風が来るまでの間、キチンと部活動を行っているという事を示さなければなるまい。

そこで剛は、静香に提案してみた。

「俺とゲームをしませんか？　活動している事を分かってもらいたいですし」

「くだらん。ゲームなど所詮は遊びだろう。わざわざ部活でやる必要があるとは思えんな」

「それを言ったら、部活動すべてを否定する事になりませんか？　野球やサッカーだって部活じゃなくてもできますし、遊びでやっている人もいるでしょう。文科系の部活だって同じだと思います」

「むっ……それはそうかもしれないな」

静香が怯《ひる》んだのを見て取り、剛は言葉を続けた。

「ゲームはくだらない遊びなんかじゃないですよ。勝ち負けを競い合うのはスポーツと変わりませんし、勝つためには頭も使います。試しに少しだけやってみませんか？」

「そこまで言うのならやってみてもいいが……私はゲームをあまり知らないぞ」

「簡単なのをやってみましょう。トランプがありますし、ババ抜き……いや、ジジ抜きなんかどうですか？」

「ババ抜きは分かるが、ジジ抜きとはなんだ？」

「ババ抜きはジョーカーを使いますが、ジジ抜きは普通のカードをジョーカーにします。52枚あるカードのうち、適当な一枚を抜いておくのです。するとペアになるカードがないカードが一枚できて、それがジョーカーになります。抜いたカードを伏せておけば、どれがジョーカーなのか分からないままゲームを進行していく事になるわけです」

「ほう、なるほど……割と面白そうだな」

静香が興味を示してくれたのを見て、剛は安堵《あんど》した。

実際にゲームをプレイすれば、同好会として活動しているという証明になるはず。

「俺が勝ったら、うちの部は問題なく活動していると認めてもらえますか？」

「ふん、面白い。では逆に私が勝ったら、活動できていないと認めるわけだな？」

「……いいでしょう。勝負です、副会長さん……！」

「ふふふ、いい度胸だ。だが、残念だったな！　私は勝負事には強いのだ！　叩《たた》き潰《つぶ》してやる！」

ニヤリと笑う静香に、剛は冷や汗をかいた。

賭《か》けるような真似をしたりして、調子に乗りすぎたか。しかし、もはや後には引けない。

この勝負、絶対に負けられない。気持ちを引き締め、剛は生徒会副会長との勝負に挑んだ。

ジジ抜きは、ジョーカーになるカードが分からないだけで、あとはババ抜きと同じだ。

プレイヤーが二人だけの場合、ゲームの進行は非常に速くなる。最終的にはそれぞれの手札が二枚と一枚になり、ペアになるカードがないカードを最後まで持っていた方が負けという事になる。

剛が一枚、静香が二枚という状況になり、剛は静香の手札をにらんだ。

「残り二枚、どちらかがハズレで、どちらかが当たり……どっちなんでしょうね」

「ふふふ、さて、どっちかな」

「では、こっちで。……おっと、当たりだったみたいです」

「⁉」

手札と同じ数字のカードを引き、剛の勝ちとなった。

ペアのないカードを最後まで持っていた静香は愕然《がくぜん》として、手札をポロリと落とした。ちなみに残ったのはハートのAだった。

「ば、馬鹿《ばか》な、また負けただと……これで四連敗だぞ。どうなっているのだ……？」

信じられないといった顔で呟く静香を見やり、剛は苦笑した。実にいい気分だ。

賭けに勝って廃部を免れたというのもあるが、なにより、先日の朝霧夕陽《あさぎりゆうひ》との練習に続き、再び勝利したというのが大きかった。

「副会長さんはトランプが苦手なんですか？　この手のゲームがすごく弱いとか……」

「そんな事はない！　強くはないが弱くもないはずだ！　むしろ、貴様が強すぎるのだ！」

「……俺って、強いですか？」

「信じられない強さだ！　さすがはゲームの部活を立ち上げただけの事はあると認めざるを得ないな！」

強い強いと評され、剛はいい気分だった。思わず表情が緩んでしまう。

風と対戦するまでは、常に強者の立場であった事を思い出す。どんなゲームでも、どんな相手であっても、勝ち越してきた。

最近はずっと負け続きなので、実は自分は弱かったのでは、と自信を失いかけていたのだが、そうではなかったようだ。やはり、風が異様に強いという事か。

「……仕方ない、負けは負けだ。潔く認めるしかないな……」

「？」

静香が制服の上着を脱ぎ、リボンタイを外したのを見て、剛は首をかしげた。

暑いので脱いだのかと思ったが、なんと静香はブラウスのボタンまで外し始めた。

「ちょ、ちょっと副会長さん!?　なにをしているんですか！」

「見て分からんのか？　勝負に負けたので、服を脱いでいるのだ」

「ええっ!?　ど、どうしてそんな事を……」

「負けた回数分だけ、衣服を脱がなければならないのだろう？　そういうのが流行だと同じクラスの男子連中が話しているのを聞いた覚えがあるぞ」

「いや、脱衣ルールの勝負じゃないですから！　うちの部が活動しているのが分かってもらえればそれで……うわ、それ以上ボタンを外しちゃ駄目ですよ！」

静香がブラウスのボタンを下の方まで外してしまい、剛は赤面した。

「脱がなくていいのか？　てっきりそういうルールなのかと」

「違いますよ！　なにを考えてるんですか！」

「だが、ゲームによる勝負というのはなにかを賭けて行うものなのだろう？　敗者は金や名誉や地位……もしくは衣服を失う！　というのをネットで見た気がする」

「そ、それ、なにかおかしなジャンルの話と混同してますよ。うちの部は極めて健全な部活動なので、なにかを賭けて勝負したりはしません！」

「賭けない？　本当か？」

「賭けません！」

いつもは風と彼女の入部を賭けて勝負しているわけだが、その件については忘れておく事にする。

「なんだ、そうなのか。四回も負けた分を脱いで精算しなければならないとなると、ほとんど裸に近い状態になると思ったのだが……本当に脱がなくていいのか？」

「いいから早く服を着直してください。こんなところを誰かに見られたら誤解され……」

「悪い悪い、お待たせー！」

「!?」

出入り口のスライドドアが勢いよく開き、聞き慣れた声がして、剛はギョッとした。

部室に入ってきたのは、小さな先輩、峰内風《みねうちふう》だった。

風は剛以外の人間がいるのに気付くと、怪訝《けげん》そうにしていた。

「あれ、客か？　ここでなにして……」

静香の胸元《むなもと》がはだけているのを見るなり、風は目を丸くして固まってしまった。

「た、高岩が、部室に女子を連れ込んで服を脱がそうとしている……？」

「せ、先輩、違いますから！　この人は生徒会の副会長さんで……」

「言われてみれば確かに副会長だな……つまりお前は、生徒会の副会長を脱がしてしまおうとしていたのか？」

「そ、そうじゃないんですよ！　これはですね……」

剛が説明しようとすると、それを遮《さえぎ》るようにして、静香が呟いた。

「ゲームで負けたので、服を脱いで精算しようとしていたのだ」

「な、なんだそれ、脱衣ルールか？　エロゲか？　エロゲなのか？　どうなってるんだ、高岩！」

「い、いや、そうじゃなくてですね……」

「衣服を賭けて勝負するのが常識だと思ったのだが、どうやら違ったらしいな」

「高岩がそんな事を言ったのか？　この野郎、やっぱりムッツリだったんだな！　ゲームを使っていやらしい真似をするなんて信じられない！　お前にはガッカリだよ！」

「ち、違うんですよ……俺の話を聞いてくださ い……」

顔を真《ま》っ赤《か》にして怒っている風に上手《うま》く説明する事ができず、剛はうろたえるばかりだった。

静香は脱ぎかけだった制服を着直し、剛に告げた。

「今日のところは私の負けという事にしておいてやる。だが、これで終わりだと思うなよ！」

「えっ？　そ、それってどういう……」

「私はまだ、ここがちゃんと活動しているとは認めていない！　認めてほしければ、再び私に勝ってみせろ！」

「ええっ⁉　俺が勝ったら認めてくれるって約束だったんじゃ……」

「邪魔が入ったのでそれは無効だ！　私に完勝し、次こそはスパッと脱がせてみせろ！」

「いやなんで脱衣ルール前提なんですか⁉　おかしいじゃ……」

「では、そういう事で！　さらばだ！」

一方的に言いたい事だけを告げて、佐々木静香は去っていった。

部室には、呆気《あっけ》に取られた剛と、不愉快極まりないといった顔をした風の二人だけが残った。

「……さて、と。それじゃ、なにがどうなっているのか、分かるように説明してもらおうか、部長……！」

「は、はい。キチンと順を追って説明させていただきますので、その……そんなに怖い顔をしないでもらえますか？」

「私は、別に、普通そのものだが！　なぜ副会長の胸元が開いていたのか、納得のいく説明をしてもらうからな！」

「……めちゃくちゃ怒ってるじゃないですか……」

風からの厳しい追及を受け、剛はつらい時間をすごすはめになったのだった。

「お前はあれか、年上なら誰でもいいのか？　初対面の生徒会副会長を脱がせようとするなんてどうかしてるぞ！」

「いや、だから、脱がそうとなんてしてないんですよ。ちゃんと俺の話を聞いてください」

「やだよ、聞きたくない！　高岩がどうやって副会長を脱がせようとしたのかなんて！　エ、エッチ！」

「……」

11 副会長の逆襲

ある日の放課後、剛《つよし》は一人で部室に待機していた。

風《ふう》は日直の仕事があるとかで、少し遅くなるらしい。

「早く先輩に勝って入部してもらわないと……いつまでも部員が俺《おれ》一人のままじゃマズイよな……」

部員を確保したいのはもちろんの事、生徒会の監査まで入ってきているのだ。

ボドゲ部を潰《つぶ》されないためにも、一人でも多くの部員を集めておくべきだろう。

まずは、第一候補である風に入部してもらわなければ。彼女に勝てるゲームはないものか、剛は悩んだ。


机の上にいくつかのゲームを並べ、考え込んでいると。

不意に出入り口のスライドドアがガラッと開き、剛はハッとした。

風が来たのかと思いきや、部室に入ってきたのは、まったくの別人だった。

「邪魔するぞ！　むっ、またしても貴様一人か」

「ど、どうも。こんにちは」

長い髪を後ろでまとめた、気の強そうな少女。生徒会副会長の佐々木静香《ささきしずか》だ。

静香は冬用のコートを着ていて、なんだかモコモコしていた。暑くはないのだろうか。

「やはり部員などいないではないか！　いつも貴様一人で遊んでいるのだろう！」

「い、いや、今日はたまたま来るのが遅れるだけで、部員候補の人と部活をやっています！

この前、副会長さんも会ったでしょう？」

「そう言えば、小さいのがいたような気もするが……ヤツが貴様の仕込みではないという証拠でもあるのか？」

「副会長さんが来るのなんて知らなかったのに、ニセの部員候補を用意しているわけないじゃないですか。冷静に考えてみてください」

「ああ言えばこう言う！　口の減らないヤツめ！」

「そちらこそ、決め付けがひどいじゃないですか。廃部にするのを前提に話をしないでください」

高圧的な物言いの静香に対し、剛は負けじと冷静に応じた。

すると静香はニヤリと笑い、剛に告げた。

「ならば勝負だ、ボドゲ部部長の高岩《たかいわ》よ！　私を倒して、部として活動できている事を証明してみせろ！」

「望むところです。今度こそ、負けを認めてもらいますよ」

剛がトランプカードを取り出すと、静香は手をかざしてそれを制した。

「待て。今回は別のゲームで勝負しよう」

「別のゲームですか？　でも、副会長さんはあまりゲームの事を知らないんじゃ……」

「ああ、知らない。だから、ネットで調べてきた」

「ネットで？」

「ゲームぐらい、ネットで調べればいくらでも情報が出てくるのだ！　ネットで知識を得た私は、もはや別人と言っても過言ではないだろうな！」

「……ネットで調べたぐらいで別人に？　過言だと思いますが……」

「ふっ、すぐに違いを見せてやる！　そこにあるゲームなら、ネットで見たのでやり方が分かるぞ！　それらで勝負しよう！」

剛が机の上に並べていたゲームを指して、静香が言う。

「ブロックス」「ゴブレットゴブラーズ」「ハゲタカのえじき」どれもこれまでに風との勝負で使い、勝てなかったゲームだ。

剛はうなずき、静香に告げた。

「分かりました、勝負しましょう。好きなゲームを選んでください」

「余裕だな、部長。だが、今回は前回のようにはいかないぞ！　私の恐ろしさを思い知るがいい……！」

ネットで予習してきたからなのか、あるいは他に秘策でもあるのか、静香は妙に自信満々だった。

油断していると危ないかもしれない。剛は気持ちを引き締め、静香との勝負に挑んだ。


「うむむ……これでどうだ！」

「では、俺はここに駒を被《かぶ》せて……はい、俺の勝ちですね」

「な、なんだとぉおおおおおおおおおおおおおおおおおおお！」

剛の駒が三つ並んで彼の勝利が確定し、静香は絶叫を上げた。

現在対戦中なのは「ゴブレットゴブラーズ」。「ブロックス」「ハゲタカのえじき」でも一通り対戦してみたが、どれも剛の圧勝に終わっている。

「これで俺の三連勝ですね」

「ば、馬鹿《ばか》な、強すぎるだろう、貴様！　なにか仕掛けでもあるのか？」

「普通にプレイして、普通に勝っただけですよ。仕掛けなんてありません」

「ぬぐぐ……では私は、普通に負けただけだと言うのか……？」

静香に連勝し、剛はよい気分だった。

風との対戦ではまったく勝てなかったゲームで勝てた、というのが実に爽快だった。今なら風と再戦しても勝てるような気がする。

「悔しいが、私の負けだ。だがな、高岩。今日の私は前回とは違うと言ったはずだ！　今からその違いを見せてやる！」

「⁉」

静香は席を立ち、ずっと着たままだった冬用コートのボタンを外し、バサッと脱ぎ捨てた。

コートの下にはスタジャンを着ていて、まだモコモコしていた。

真冬でもないのに、なぜ無駄に重ね着などをしているのか。

首をひねる剛に、静香は愉快そうに笑って告げた。

「貴様との戦いに備えて、着れるだけ重ね着をしてきたのだ！　たとえ数回負けても勝負が続けられるようにな！」

「それって、まさか……脱衣ルールの勝負で、脱げる枚数を稼ぐためですか⁉」

「その通り！　どうだ、驚いたか！」

「びっくりですよ！　なにを考えて生きてるんですか⁉」

驚く剛の前で、静香はスタジャンを脱ぎ捨てた。その下にはジャージを着ていて、それも脱いでしまう。

制服の上に重ね着をしていた分を脱いでしまい、静香はふう、と息をついた。

「これでようやく通常の姿になったわけだ。ここからが本当の勝負だぞ！」

「くっ、なんてマイペースな人なんだ……こうなったら徹底的に負かしてやるしか……」

改めて勝負を再開しようとした、その時。

出入り口のスライドドアがガラッと開き、小柄な少女が部室に入ってきた。

それは峰内《みねうち》風だった。風は室内に静香がいるのを確認すると、眉根《まゆね》を寄せた。

「また私がいない時を狙《ねら》って生徒会副会長と遊んでたのか？　今日は服を脱がせてないみたいだけど……」

「せ、先輩、これはですね。勝負を挑まれて仕方なく……」

「……仕方なく、とか言いながら、楽しそうにしてないか？」

「い、いえ、別に楽しんでいるわけじゃなくてですね……」

「もういい、お前は下がってろ。この女の相手は私がする」

「えっ？」

剛を脇《わき》に押しやり、風は静香と対峙《たいじ》した。

静香は風をジロジロと見て、首をかしげていた。

「これはまた随分と小さいのが出てきたな。貴様は確か、一年の峰内だな？　部員候補というのは貴様の事か？」

「だったらなんだ？　文句でもあるのか？」

「いや、一年の男と二人きりでこんな人気のない場所にこもってなにをしているのか気になってな。ま、まさか、R18的ないかがわしいゲームをリアルでやっているのではあるまいな!?

この注文書に記入して、お近くの書店へお申し込みください。

書店印

書籍扱い
（買切）

予約注文書

【書店様へ】お客様からの注文書を弊社、営業までご送付ください。

（FAX可：FAX番号03−5549−1211）

注文書の必着日は商品によって異なりますのでご注意ください。

お客様よりお預かりした個人情報は、予約集計のために使用し、それ以外の用途では使用いたしません。

氏名	住所 〒
電話番号	

発売予定・書名	締切	部数
2024年1月15日頃発売予定！ **ダンジョンに出会いを求めるのは間違っているだろうか 7** ドラマCD付き特装版【復刻版】	お客様締切 2023年11月17日（金） 弊社締切 2023年11月20日（月）	部
著 大森藤ノ　イラスト ヤスダスズヒト　ISBN 978-4-8156-2355-5　価格 3,300円		
2024年1月15日頃発売予定！ **ダンジョンに出会いを求めるのは間違っているだろうか 11** ドラマCD付き特装版【復刻版】	お客様締切 2023年11月17日（金） 弊社締切 2023年11月20日（月）	部
著 大森藤ノ　イラスト ヤスダスズヒト　ISBN 978-4-8156-2356-2　価格 3,300円		
2024年1月15日頃発売予定！ **ダンジョンに出会いを求めるのは間違っているだろうか 13** ドラマCD付き特装版【復刻版】	お客様締切 2023年11月17日（金） 弊社締切 2023年11月20日（月）	部
著 大森藤ノ　イラスト ヤスダスズヒト　ISBN 978-4-8156-2357-9　価格 3,300円		
2024年2月15日頃発売予定！ ダンジョンに出会いを求めるのは間違っているだろうか外伝 **ソード・オラトリア8** ドラマCD付き特装版【復刻版】	お客様締切 2023年11月17日（金） 弊社締切 2023年11月20日（月）	部
著 大森藤ノ　イラスト はいむらきよたか　キャラクター原案 ヤスダスズヒト　ISBN 978-4-8156-2358-6　価格 3,300円		
2024年2月15日頃発売予定！ ダンジョンに出会いを求めるのは間違っているだろうか外伝 **ソード・オラトリア10** ドラマCD付き特装版【復刻版】	お客様締切 2023年11月17日（金） 弊社締切 2023年11月20日（月）	部
著 大森藤ノ　イラスト はいむらきよたか　キャラクター原案 ヤスダスズヒト　ISBN 978-4-8156-2359-3　価格 3,300円		

特装版は書籍扱いの買取商品です。

みなさまの声に
応えて、大復刻!!!
この機会を、お見逃しなく!!!!!!
2024年1月発売予定!
ダンジョンに出会いを求めるのは
間違っているだろうか 7・11・13
ドラマCD付き特装版【復刻版】
著:大森藤ノ イラスト:ヤスダスズヒト
2024年2月発売予定!
ダンジョンに出会いを求めるのは
間違っているだろうか外伝
ソード・オラトリア8・10
ドラマCD付き特装版【復刻版】
著:大森藤ノ イラスト:はいむらきよたか
キャラクター原案:ヤスダスズヒト

なんてふしだらな！　廃部にしてやる！」

「そ、そんなわけあるかバカ！　妄想も大概にしろ！　お前の存在そのものがいかがわしいわ！」

「見るからに清楚可憐《せいそかれん》なこの私がいかがわしいだと⁉　泣かされたいのか、お子様め！」

「だ、誰《だれ》がお子様だ！　私よりほんのちょっと育っているからっていい気になるなよ！」

二人とも血の気が多いのか、今にもつかみ合いの喧嘩《けんか》を始めそうな勢いだった。

これは意外といい勝負になるのかもしれないと思い、剛はゴクリと喉《のど》を鳴らした。


さて、二人の勝負の行方《ゆくえ》はというと。

「ほい、またまた私の勝ちぃーッ！」

「くっ、馬鹿な。コイツ、子供のくせに強いぞ……！」

「私はお前と同い年だ！　よく覚えとけ！」

「ぬぐぐぐ……！」

二人は先程のゲーム三種で一通り勝負を行ったが、予想通りというか、風の圧勝に終わった。

普通に考えて、剛に勝てない静香が風に勝てるはずがないのだ。

ヘラヘラと笑って勝ち誇る風をにらみ、静香は悔しそうに歯噛《はが》みしていた。

「うむ、悔しいが仕方ない。負けは負けだからな……」

ブツブツと呟《つぶや》きつつ、静香は上着のボタンを外し、脱いでしまった。

厚着をしていたからかしっとりと汗をかいていて、白いブラウスが肌に貼《は》り付いている。

豊かな胸のふくらみの形状や大きさがハッキリ分かり、淡いピンクのブラジャーが透けているのを見て、剛と風は目を丸くした。

「こ、こら、なんで脱ぐんだよ！　どういうつもりだ⁉」

「敗者は衣服を失っていくのがルールだろう。勝負の世界は厳しいのだ！」

「勝手に脱衣ルールを適用するな！　あっ、こら、高岩は見るんじゃない！」

風に注意され、剛は慌てて静香から目をそむけた。

静香は平然としていて、左右のソックスまで脱いでいた。見たければ見るがいいとでも言わんばかりに胸を張っている。

「よし、これで三敗分はクリアしたな。私はまだまだ戦えるぞ！」

「コ、コイツ、弱いくせになんでこんなに強気なんだ？　脱ぐ事にまったく抵抗がないみたいだし……」

さしもの風も、鋼のメンタルを備えた静香には押され気味だった。

剛はなるべく静香の方を見ないようにしていたが、ついついチラッと見てしまう。

それに気付いた風がムッとして、独り言のように呟く。

「あー、なんか暑いな？　私も脱いじゃおうかなー？」

掌でパタパタと扇《あお》ぎつつ、上着のボタンを外し、前を開ける。

風がチラチラと視線を送ってきているのに気付き、剛は首をかしげた。

「先輩、暑いんですか？　団扇《うちわ》で扇ぎましょうか」

「い、いや、いい。えっと、他に言う事はないのかな？　たとえばその、意外と色っぽいとかなんとか……」

「今ここで先輩に言うべき事というと……がんばってください、でしょうか？」

「がんばって副会長を脱がせろってのか⁉　このムッツリ、ドスケベ野郎が！　お前にはほんとガッカリだよ！」

「……な、なんで急にキレてるんですか……？」

剛を叱りつけ、風は上着を脱いでしまった。

リボンタイを外し、ブラウスのボタンを二つほど外して、首周りを緩める。

風の様子を見て、静香は怪訝《けげん》そうにしていた。

「貴様、負けていないのになぜ脱ぐのだ？　おかしなヤツだな」

「おかしいのはお前の方だろうが！　男の前で堂々と脱ぐんじゃない！　羞恥心とかないのか？」

「無論、私にも恥ずかしいと思う気持ちはある。だがまあ、この程度なら許容範囲だ。ちなみに今回はスポーツ用の見せブラを着用してきたので、ブラウスを脱いでも平気なのだ。安心して挑んでくるがいい！」

「い、いや、フツー男子には見せないだろ！　頼むからもう少し恥じらいってヤツを持ちなさいよ！」

見せブラなのに見せてはまずいのか。剛には分からなかった。

しかし、普段はガサツで男っぽい口調の風が、女の子っぽい恥じらいについて語っているというのは不思議な感じがした。

意外と中身は女の子らしいのだろうか。恥じらいや愛らしさはあっても色気はないのが悲しいが。

「大丈夫ですよ、先輩。色気はなくてもかわいらしさで勝っていますから！」

「おいコラ、そりゃどういう意味だ？　フォローするフリして私をディスってるのか？」

「ちょっと待て。かわいらしさで私が負けていると言いたいのか？　よく見ろ、私の方がかわいいだろう！」

「お前もおかしなところで張り合うなよ！　なんの勝負なんだこれ⁉」

これ以上、静香が脱いでしまってはマズイという事で、勝負は中止となった。

負けていないのに、剛と風は妙に疲れていた。メンタル的なにかをゴリゴリと削られてしまった気がする。

二人とは逆に、負けまくっていた静香には疲れた様子はなく、むしろ元気いっぱいという感じだった。

「残念ながら、今回も決着はつかなかったな！　次こそは私が勝つ！　首を洗って待っていろ、高岩！」

「勝負するのはいいですけど、もっとまともなルールでやりましょうよ。脱衣はなしで……」

「では、さらばだ！　次こそは私を丸裸にしてみせろ！　また来るぞ！」

ニヤリと不敵な笑みを浮かべ、佐々木静香は去っていった。

災害級のモンスターが散々暴《あば》れてから引き上げていったような気分になり、剛は大きく息を吐いた。

「勝負には勝ったし、廃部を言い渡されなくてホッとしましたが……問題は全然解決していませんよね……」

「部員を増やすか、副会長を徹底的に叩《たた》きのめしてこの部を認めさせるか。二つのうちどちらかをクリアするしかなさそうだけど、どっちも難しそうだな」

「副会長さんに勝つ方が簡単でしょうけど、あの人、すぐ脱ごうとするから困りますよね……」

「……本当に困ってるか？　副会長が脱いでるのを見てめっちゃ喜んでなかったか？」

「そ、そんな事はないですよ！　驚いただけです！」

「……ふーん」

疑いの眼差《まなざ》しで見つめてくる風に、剛は冷や汗をかいた。

「勝った方が脱ぐというルールを提示してはどうでしょう？　それなら副会長さんは脱ぐ事ができませんよね」

「で、代わりにお前が脱ぐのか？　なんでどいつもこいつも脱ぎたがるんだ……」

「先輩も一緒に脱ぎますか？」

「脱がねーわ！　私を裸族の仲間に組み込むんじゃない！」

12 リア充を爆破する能力者（願望）

Koryaku Dekinai Mineuchi san

「高岩君《たかいわ》、勝負しましょう」

「ああ、いいよ。やろうか」

教室にて、休み時間。

ショートボブに眼鏡《めがね》が似合う優等生、朝霧夕陽《あさぎりゆうひ》に声を掛けられ、剛は彼女とのゲーム勝負に挑んだ。

先日、練習相手を頼んでからというもの、夕陽の方から勝負を持ち掛けてくるようになった。

夕陽は意外と負けず嫌いだったようで、剛《つよし》に負けたのが悔しくて仕方がないらしい。

勝負に使うのは、トランプや各種カードゲームなどだ。休み時間内に決着がつくようなプレイ時間が短めのゲームをするようにしている。

まれに夕陽の友人、堀川恵美《ほしかわえみ》も参加する事があった。

「私にもやらせて！　二人ともボコボコにしてあげるよ！」

「すごい自信だな。堀川さんもゲームが得意だったのか？」

「恵美じゃ弱すぎて相手にならないわよ。こんな雑魚よりも私と勝負して」

「うわ、ひどっ！　私だって負けないんだから！」

ゲームの練習相手が増えて、剛は満足だった。

この調子で経験値を増やしていけば、風に勝てる日も近いのかもしれない。


さて、そんな剛の様子を、少し離れた位置にある席から、ジッと見ている者がいた。

「高岩の野郎、ゲームなんかで女を釣りやがって……うらやまけしからんな……」

不愉快そうに呟《つぶや》いたのは、剛の友人、鈴木だった。

鈴木はリア充的な人間を、特に彼女持ちや女友達が多い人間などを心の底から憎んでいた。

なぜなら、妬《ねた》ましいからだ。自分はまったくモテないのに、モテる人間が存在するというのが許せなかった。

それはたとえ友人の剛であっても変わらない。クラスでもトップクラスの美人二人と楽しそうにゲームで遊んでいる剛が妬ましく、憎くて仕方がなかった。

「くっ、この俺《おれ》にモテるヤツを爆破《ばくは》する能力があれば、粉微塵《みじん》に吹き飛ばしてやるのによぉ……いや、強く念じていれば能力に目覚めるかもしれねえな……爆発《ばくはつ》しろ爆発しろ爆発しろ」

「……なに馬鹿《ばか》な事言ってんのよ？」

「ああ、誰《だれ》が馬鹿だ？　って、なんだ、大橋か……」

声を掛けてきたのは、クラスで最も背の高い女子、大橋透《おおはしとおる》だった。

長身にショートボブが印象的な、明るく快活な少女である。

大橋は剛や鈴木とは同じ中学の出身で、二人とは顔見知りだ。

女子に縁のない鈴木が、唯一まともに会話を交わす事ができる少女でもある。

「高岩君に恨みでもあるの？　あんた達、友達じゃなかったっけ？」

「友達でも許せねえ事があるんだよ！　見ろ、あれを。高岩の野郎、女に囲まれて幸せの絶頂って顔してやがる！」

「そんな風には見えないけど。あんたも仲間に入れてもらえばいいじゃないの」

「馬鹿野郎！　俺が声掛けた瞬間『鈴木が入るならやめる』って女子連中が言い出したらどうするんだよ！　かわいそうだろうが、俺が！」

「それって、考えすぎなんじゃ……」

「いーや、絶対そうなるに決まってる！　女ってのはそういう残酷な台詞《せりふ》を平気で吐ける生き物なんだよ！」

「女子に偏見持ちすぎでしょ。そんなんだからモテないのよ」

「モテない言うな！　イケメンのお前に俺の気持ちが分かってたまるか！」

「イ、イケメン言うな！　私は女だってば！」

顔付きが整っている上に、背が高くてサバサバした性格をしているからか、大橋は女子に人気があるのだ。

噂《うわさ》では、何度か女子から告白された事もあるらしい。

そのため鈴木は彼女の事を『イケメン』だと認識している。

大橋はかなり発育がよくてプロポーションがいいので、彼女を男と間違える人間などまずいないのだが。

「それにしても、なんか楽しそうよね、高岩君達。あんたが行かないなら、私が仲間に入れてもらおうかな？」

「な、なんだと……！」

鈴木をその場に残し、大橋は剛達のところへ向かった。

三人に声を掛け、あっと言う間に仲間入りを果たしている。

女子三人に囲まれ、剛は照れくさそうにしていた。

「大橋まで取り込まれちまうとは……クラスの巨乳トップ3を独り占めかよ！　こうなったらもう高岩のヤツを粛正するしか……ん？」

廊下側の窓が開いていて、窓の向こうにいる何者かが教室をのぞき込んでいるのに気付き、鈴木は首をひねった。

やたらと小さく、髪の長い少女だ。幼くて愛らしい顔付きをしているが、なぜかすごい目付きでこちらをにらんでいる。

「ひっ、なんだありゃ……人殺しの目で俺を見て……あれ？」

よく見ると少女は鈴木ではなく、剛達の方を見ていた。

「な、なんだ、俺をにらんでるんじゃないのか。でもなんで高岩達を……ん？　あのちっこいのは確か……」

謎《なぞ》の少女が何者なのかを思い出し、鈴木はニヤリと笑った。

「コイツは使えそうだな。見てろよ高岩、女に囲まれて喜んでいられるのも今のうちだぜ……！」


時はすぎ、放課後。教室を出た剛は、部室のある専門棟へ向かった。

いつも現れる地点に差し掛かっても、風の姿はなかった。

なにか用事があって遅れてくるのかもしれないと思い、先に部室へ行く事にする。

専門棟一階にある部室に入ってみると、風は先に来ていた。

そしてなぜか、そこにはこの場にいるはずのない人物がいた。

「よう、高岩。邪魔してるぜ」

「す、鈴木？　どうしてお前がここに？」

「お前が部活を作ったって言ってたのを思い出してよ、見学に来てやったってわけよ」

「そ、そうなのか。見学に来てくれたのはうれしいが……」

鈴木は椅子《いす》に座り、長机を挟んで風と向き合っていた。

二人は対戦型トレーディングカードゲームで遊んでいたらしかった。

風は剛が現れても特に反応を示さず、ゲームに集中している様子だった。

「よし、ここで『ロケットラビット』をフュージョンさせて、『メガラビット』を『ギガラビット』に融合進化！　すべての敵モンスターにダメージを与える！　ニンジンミサイル、フルバースト！」

「げっ、俺のアンチヒーロー、『リア充爆破マン』『リア充キラー忍者』『非モテ大魔道士』がやられた！　先輩、強いっすねえ！」

「ふっ、まあなー。でも、鈴木だっけ？　お前もなかなかやるじゃないか」

風が笑顔で評価すると、鈴木は照れたように笑っていた。

楽しそうにゲームをプレイしている二人を見て、剛はなんだかモヤモヤした。

別になんという事のないやり取りをしているだけではあるのだが……。

「ところで高岩。今日、たまたま一年の教室の前を通りかかったんだが……」

「えっ？」

不意に風が呟き、剛はハッとした。気のせいか、なにやら嫌な予感がする。

「お前のクラスをのぞいてみたら、楽しそうに遊んでたな。大勢の女子に囲まれてさ」

「ええっ⁉」

「そうそう、そうなんすよ！　高岩のヤツ、親友の俺を放置して女子とばっかり遊んでるんすよ！　困ったヤツですよね！」

風の指摘を肯定するようにして、鈴木まで妙な事を言い出す。

どうやら夕陽達とゲームをしているところを風に見られてしまったようだが……。

「かわいい子ばっかりだったな。おまけに発育がよさそうなのがそろってたし。ああいう子が好みだったのか？」

「そうなんすよ！　高岩は胸がでかい女ばっかり集めて遊んでるんです！　真面目《まじめ》そうなツラしてるくせに実は巨乳コレクターなんですよ！」

「い、いや、二人ともなにを言って……」

そんなつもりなどまったくなかったので、剛は戸惑うばかりだった。

女子とばかりゲームをしていたのがまずかったのか。しかし、それぐらいの事で非難されるというのも変な話だ。

「……」

風を見てみると、頬《ほお》をふくらませ、拗《す》ねたような顔をしている。どうやらかなり不機嫌な様子だ。

「あ、あの、先輩。大勢というのはオーバーですよ。ゲームに参加していたのは三人だけですし」

「ふん、そうだったっけ？　三人でも多いと思うけどな……」

「一人は先日話した練習相手の朝霧さん、もう一人は朝霧さんの友達の堀川さんです。最後の一人の大橋さんは同じ中学出身の知り合いで、今日初めてゲームに参加したんですよ」

「ふーん、そうなのか。それで？」

「俺と朝霧さんがゲームをしているのを見て、興味を持って集まってくれたんですよ。俺が特定の人物に声を掛けて集めたわけじゃないんです」

「そ、そっか。そういう事情ならまあ、納得かな……」

風が険しい表情を緩めたのを見て、剛は安堵《あんど》した。

次に、鈴木に目を向ける。

「大橋さんは『鈴木が仲間に入れてほしくて泣いてるからあとで声掛けてあげてくれない？』と言っていたぞ」

「マジか⁉　大橋のヤツ、余計な事を……つか泣いてねえし！」

「わざわざ部室に来るなんて、そんなにゲームをやりたかったのか？　それならそうと言ってくれればいいのに」

「い、いや、そういうわけじゃ……ほ、ほら、高岩がよく話してる、ちっこい先輩を見てみたくなってよ」

「先輩を？」

するとと風がピクッと反応し、剛をジッと見つめた。

「ほう、高岩は私の事を話してるのか？　で、ちっこい先輩などと呼んでいると……ほほう？」

「い、いえ、決してそんな事は……ただ、少しばかり小柄な人だとだけ……」

「はあ？　嘘《うそ》つけよ！　ちっちゃくて、すっげえかわいい先輩だって、いつも言ってるじゃ……うわ、おいコラ、やめろ！」

余計な事を言い出した鈴木に剛はつかみかかり、力ずくで黙らせようとした。

剛が本気であせっているのを見て取り、風はクスッと笑った。

「こらこら、高岩、暴力はよくないぞ。それで鈴木よ、高岩は私の事をなんて言ってるんだって？」

「えっとですね、ゲームが強くて、気が強くて、根性据わってて……小さいけどめっちゃかわいくて優しくて面倒見がいいとかなんとか……うわ馬鹿やめろ首を絞めるな！　ぐえええええ！」

剛は真《ま》っ赤《か》になり、鈴木の首を絞めて黙らせようとした。

風が驚いたような顔をしているのに気付き、慌てて弁明する。

「せ、先輩、違いますから！　俺はそんな事、一言も……いや少しは言ったかもしれませんが、九割以上は鈴木の作り話です！」

「ふ、ふーん、そうなんだ。ま、まあ、悪口を言ってるんじゃないのなら、別にいいけどさ」

「……俺が先輩の悪口なんか言うはずないでしょう。そのぐらいは理解していてください」

「お、おう。そ、そうだよな……」

剛が真面目な口調で訴えると、風は頬を染め、目を泳がせていた。

そこで鈴木の顔が紫色に変化しているのに気付き、剛は慌てて鈴木の首から手を放した。

「げほっ、げほっ！　て、てめえ、本気で俺の首を絞めようとしやがったな？　殺す気かよ！」

「お前が余計な事を言うからだろう。先輩におかしな事を吹き込まないでくれ」

すると鈴木はニヤリと笑い、荒《すさ》みきった顔で剛に告げた。

「そいつはお前の態度次第だな。平和な学園生活を送りたかったら気を付けな。俺は女にモテるヤツやモテそうなヤツ、女と普通に会話を交わせるヤツを許さねえからな！」

「もしかして、俺が朝霧さん達とゲームをしていたのが気に食わなくて文句を言いに来たのか？　先輩まで巻き込んで……」

「ククク、そういうこった。思い知ったか！」

鈴木が部室に来た理由を知り、剛はうなった。

そんな事をしてなんの意味があるのかは分からないが、鈴木が本気である事は分かった。

「とりあえず、大橋さんに相談するか。鈴木が部活の邪魔をしに来て困っていると言えば、なんとかしてくれるだろう」

「なっ……おい、よせ！　そんな事を言ったら、大橋にボコボコにされちまうじゃねえか！」

「そうなのか？　悪い、手遅れだ」

「えっ？」

そこで出入り口のスライドドアがガラッと開き、背の高い少女が飛び込んできた。

クラスメイトの大橋透だ。目を丸くした鈴木に、剛はポケットから取り出したスマホの画面を見せて呟いた。

「実はさっき、大橋さんにショートメールでSOSを送っておいたんだ」

「て、てめえ、やりやがったな⁉　きたねーぞ！」

うろたえる鈴木に、大橋がズイッと迫る。

「まったく、なにやってんのよ、あんたは？　真面目に部活やってる高岩君の邪魔しちゃ駄目でしょーが！」

「い、いや、俺は、女と遊んで喜んでやがる人類の敵に正義の鉄槌《てっつい》をだな……ぐええええええ！」

大橋は鈴木の襟首《えりくび》をつかむと、右手のみでひょいと持ち上げてしまった。

決して小柄ではない鈴木を軽々と吊り上げ、猫でも捕まえたようにして連行していく。

「お騒がせしましたー！　どうぞ、ごゆっくり！」

鈴木と大橋が去り、部室には剛と風だけが残った。

二人は顔を見合わせ、どちらからともなく笑みを浮かべた。

「なんだかなあ。なにがしたいのかよく分からなかったが、愉快なヤツだな、お前の友達は」

「そうですね。正直、俺にもよく分からないところがありますが、退屈はしないですね」

「ま、多少は役に立ったかな？」

「えっ？」

風が差し出してきた一枚の用紙を見て、剛はハッとした。

それは入部届の用紙だった。なぜか鈴木の名前が記されている。

「せ、先輩、これは……？」

「見学者はコイツに名前を書く事になってるって言ったら疑いもせずに書いてくれたぞ。愉快なヤツだよな」

「さすがですね、先輩。でも、本人の同意を得ていないんじゃ、正式に入部したとは言えませんよね……」

「仮入部って事にでもしとけば？　数合わせ要員に取っとけよ」

鈴木に乗せられていたようで、実はしっかり入部届に記入させているとは。

本当にさすがだ。剛を非難してきたのも演技だったのかもしれない。

「……確認だけど、胸がでかい女子を集めて遊んでるわけじゃないんだよな？」

「そんなわけないじゃないですか。……まさか、まだ疑ってるんですか？」

「いや？　全然？　ソンナコトナイヨ」

EX3 風の独り言③

Koryaku Dekinai Mineuchi san

ハロー、峰内風《みねうちふう》だ。みんな元気か？

私は他人よりも地面に近い世界で健気《けなげ》に生きているぞ。

なに、どんな世界なのか分かんないって？　低身長って事を遠回しに表現してるんだよ！

分かれよ馬鹿《ばか》野郎！


私は相変わらずボドゲ部で、毎日のように部長で後輩の高岩《たかいわ》とゲームをやっている。

あまりにも私に勝てないので、高岩は悩んでいるらしい。

経験値を稼ぐために、同じクラスの女子と何度か勝負してみたとか。

そこそこゲームが強くてかわいい子だったらしいが、高岩が勝ったそうだ。

ふーん。いいんじゃね？　色んな相手と勝負してみるってのも。

私はここ最近、高岩以外とは勝負してないけどさ。


ただまあ、かわいくて大人っぽい子とやってみて楽しかったっていうのがちょっとなあ……。

まあ、本命は私らしいし、別にいいんだけどさ。


それから数日後、たまたま高岩のクラスの前を通る機会があったので、教室をのぞいてみた。

すると、いたいた。高岩のヤツが。

ヤツは数名の女子と机を囲んで、ゲームをやって楽しそうにしていた。

……って、おいおい。増えてるじゃん、女子が。どうなってるんだ？

そもそも女子と遊ぶ必要ないよな？　クラスには男子だって腐るほどいるってのにさ。


ついでなので、高岩と遊んでいる女子達を観察してみた。

一人は眼鏡《めがね》を掛けた、真面目《まじめ》そうな子。落ち着いた雰囲気を漂わせていて、かなりの美人だ。

もう一人は明るくて元気な子。笑顔がまぶしく、男子に人気がありそう。こっちも美人だ。

さらにもう一人、やたらと背が高い子が加わっていた。明るく快活な感じで、なんだかイケメンぽい美人だ。

三人ともかわいくて、私よりも大人っぽくて、胸も大きかった。

なんだあの発育のよすぎる三人組は……私に対する挑戦なのか？

……高岩のヤツ、意外と女の友達が多かったりするのかな？

特に理由はないけど、あいつは「女の子と話すのは苦手」ってタイプだと思ってたのに。

そう言えば、私や由衣とも割と普通に話すよな。副会長の佐々木ともやり合っていたし、女と話すのが苦手ってわけじゃないのか。

なんだろうな、どうもモヤモヤする……別に高岩が同い年の女子とゲームしていても、なにも問題はないはずなんだけど。


つかさー、普段は「先輩、先輩」言ってるくせに、私以外の女子とゲームしてるって、なんかなー。

ぶっちゃけ面白《おもしろ》くないよなあ……。


それから、高岩の友達だとかいう、鈴木というヤツが部室を訪ねてきた。

鈴木とやらが言うには、高岩がゲームで女の子を釣って、好みの女子を集めているとかなんとか。

いや、真面目なあいつがそんな事するわけないよな？　本当に友達なのかコイツ。

鈴木の訴えは話半分で聞いておき、見学者は用紙に記入するのが決まりだと言って、入部届に名前を書かせといた。

私は別に、同好会のままでも構わないし、ゲームができるんならそれでいいんだけど。

なんか生徒会の副会長がちょいちょい来ていて、あの女は活動していない同好会を潰《つぶ》して回ってるらしいんだよな。

ボドゲ部が潰されるのはマズイ。ゲームをする場所が……高岩とゲームで勝負する場所がなくなってしまう。

部活でもないと、一年と二年じゃ一緒に行動できないしな。

正式な部に昇格するには部員が五名必要らしいから、私と高岩と鈴木ってヤツと……あと二、三人ぐらい確保しとけば大丈夫か？

高岩とゲームをしていた女子三人に、保険で由衣《ゆい》のヤツにも名前を書かせとくか。

これで七人か。なんだ、意外といけそうだな。

あとはまあ、もしも部員が増えてしまったら、高岩と一対一で勝負する機会が減るかもしれないっていう問題が出てくるわけだけど。

そのあたりは上手《うま》い事調整できるんじゃないかな。他の部員は一日置きに来させるとかしてさ。

べ、別に、高岩と二人きりで勝負したいわけじゃないんだからな！　勘違いしないように。

とりあえず、部を存続できるように努力してみるか？　高岩とゲームできなくなったら困るし。

13 体育倉庫にて

本日、最後の授業は体育だった。

授業終了後、担当の体育教師に頼まれ、剛《つよし》は用具を体育倉庫へ運んだ。

体育倉庫はグラウンドの片隅にある、鉄筋コンクリート製の小さな建物で、中には体育に使う様々な用具が収納されている。

用具を運び終えた剛は、倉庫内を見回して呟《つぶや》いた。

「障害物の多い、適度な広さの密室か……ここに先輩を誘い込んで勝負すれば、有利に戦えるかも……」

薄暗い体育倉庫の中で、様々な用具に挟まれて身動きが取れなくなっている風の姿を想像し、剛はニヤリと笑った。

だが、すぐに思い直し、ため息をつく。

「あの先輩にそのぐらいで勝てるはずないか。そもそも、こんな場所に誘い込めるわけが……」

「あれ、高岩《たかいわ》? 妙なところで会うなー」

「!?」

Koryaku Dekinai Mineuchi san

声を掛けてきたのは、峰内風《みねうちふう》だった。

彼女も体育の授業を受けていたらしく、半袖《はんそで》のシャツに短パンという体操着姿だった。

長い髪を後ろで縛っていて、いつもとは違う感じがした。

「せ、先輩、どうしてここに？」

「今日は外でバレーボールだったんだけど、ボールの返し忘れがあってさ。持ってきたんだ」

風がバレーボールを抱えているのを見て、剛はうなずいた。

「なんだ、そうだったんですか。俺《おれ》の計画を悟って、自ら罠《わな》にかかりに来たのかと思ってあせりましたよ」

「まーた妙な作戦を考えてたのか？　怖いヤツだなー」

「い、いいえ、別にそういうわけでは……」

バレーボールを奥にある籠に戻していると、ガラガラという音が出入り口の方からして、剛達はギョッとした。

見ると、倉庫のスライド式の扉が閉じようとしている。何者かが外側から動かしているようだ。

「ま、待って！　まだ中にいるぞ！」

風が叫んだが、重たい扉をスライドさせる音が大きいためか、外にいる人間には聞こえなかったらしい。

無情にも扉は完全に閉じてしまい、さらにガチャンという、扉をロックしたと思われる音までした。

剛と凪は顔色を変え、慌てて扉に駆け寄り、叫んだり扉を叩《たた》いたりしてみたが、扉を閉めた人物は既に立ち去った後らしく、なんの反応も返ってこなかった。

「おーい！　誰《だれ》か！　開けてくれ！　……駄目か。もう近くには誰もいないみたいですね」

「フ、フツー、中に誰かいないか確かめるよな⁉　一体、どこのどいつだ！　生徒の誰かだったらとっ捕まえて、入部届にサインさせてやろう！」

「うちの部への入部を罰ゲーム扱いしないでくださいよ……」

扉はやはりロックされていて、こじ開けようとしてもビクともしなかった。

鋼鉄の扉をコンコンと叩き、凪がため息をつく。

「コイツは簡単には開かないぞ。素手で破るのは無理だな」

「先輩って、古武術の心得があるんですよね？　その奥義かなにかで扉を吹っ飛ばしたりできませんか？」

「そうだな、任せとけ！　今こそ我が流派の最終奥義を使う時……って、無理だから！　か弱い私に分厚い鉄の扉を破るような真似《まね》ができるわけないだろ？」

「……か弱い？」

「そこはほっとけ。それより、どうする？　助けを呼ぶしかなさそうだけど……」

「スマホは置いてきたので持ってないです。先輩は？」

「私もだよ。体育の授業中にスマホなんか持ってるわけないよな」

スマホがないのでは外部との連絡は取りようがなく、助けを呼ぶのは無理っぽかった。

「これが一時限目とかだったら、次の体育の授業を受けるやつが来てくれるかもしれないけど……今日最後の授業が終わったところだしなあ」

「放課後になれば部活の人が来るんじゃないでしょうか?」

「いや、今は試験前で、体育会系の部活はみんな休みのはずだぞ。つまり、放課後になってもここには誰も来ないってわけだ」

「マジですか」

助けが来てくれる可能性が極めて低いと知り、さしもの剛もガックリ来てしまった。

天井《てんじょう》に近い位置に明かり取りの小さな窓があるため、倉庫内は真っ暗というわけではなかったが、それも外が明るいうちだけだ。

じきに日が暮れ、真っ暗になるだろう。そうなる前になんとかしなければ。

「ま、あせっても仕方ないか。ちょっと休もう」

「えっ?」

「そのうち、誰かが来てくれるかもしれないしさ。少し待ってみよう」

風が呟き、積み重ねてある体操用マットの上に腰を下ろす。

座るよう手招きされ、剛はそろそろと風の隣に腰を下ろした。くっつきすぎてはマズイと思い、少し間を開けておく。

「にしても、まいったな。体育倉庫に閉じ込められるなんてベタなイベントが現実に起きるなんてさ」

「そうですね。俺も漫画やアニメでしか見た事がありません」

「でもさ、ある意味、ラッキーだったよな」

「えっ？　どういう事ですか」

「だってさ、もしも一人きりだったら最悪だし、全然知らない人間と一緒でも気まずいだろ。その点、高岩だったら安心だし、そういう意味じゃついてたよ」

「なるほど、確かに。俺も先輩が一緒でよかったです。さすがに頼もしいですよね」

「だろー？　なんのかんの言っても年上だしな！　後輩のフォローぐらいしてあげないと！」

「偉いですね。こんなに小さいのに……」

「おいコラ、小さい言うな！　お前たまに私の事を小さい子を見るような目で見てる時があるぞ！　ちゃんと年上の女性を見る目で見なさい！」

「あははははは」

「笑って誤魔化《ごまか》した!?　さては私の事をまったく尊敬してないな！」

風が距離を詰めてきて、剛の肩をつかんで揺すってくる。

息がかかるほどの距離まで風の幼い顔が迫ってきて、剛はドキッとした。

「せ、先輩、あの……ちょっと近すぎるんじゃ……」

「はあ？　なんだよ、照れてるのか？　このぐらいいつもの事だろ？」

剛の反応が愉快なのか、風は真横からペタッとくっついてきた。

剝《む》き出しの太股《ふともも》が接触してきて、その柔らかさに剛は驚いてしまった。

「先輩、少し離れて……このままだとマズいです」

「あはは、マジで照れてんの？　意外とかわいい反応するじゃ……わわっ⁉」

「⁉」

離れてもらおうと思い、剛が風の手を取って押しやろうとしたところ、風が後ろ向きに倒れてしまった。

風はマットの上に仰向《あおむ》けになり、その手をつかんでいた剛は、風に覆《おお》い被《かぶ》さる形になってしまった。

見下ろすと風の顔が真下にあり、剛は硬直してしまった。

風は目を白黒させ、驚いている様子だった。

「え、ええと、あの、す、すみません……」

「あ、ああ、うん、ど、どういたしまして……」

剛は謝罪し、風から離れた。風も起き上がり、二人はマットの上に座り直した。

「ま、まさか、高岩に押し倒されちゃうとは思わなかったな。さすがにちょっと身の危険を感じちゃったぞ」

「い、いや、そんなつもりは……い、今のは事故ですよ、事故！」

「ほんとか？　実は狙《ねら》ってやったんじゃ……怪しいなー」

「違いますよ！　そういう事はちゃんと双方同意の上ですね……」

「そういう事ってなんだ？　ああいや、言わなくていい！　……お前結構スケベだな」

「ち、違うんですよ……わざとじゃないのに……」

剛はうなだれ、頭を抱えた。

そのため、風が真《ま》っ赤《か》になって顔を伏せているのには気付かなかった。

二人とも黙ってしまい、妙な空気になる。

やがて沈黙に耐えられなくなったのか、風が明るい声を上げた。

「よ、よし！　こういう時こそ、ゲームをやって落ち着こう！」

「えっ？　いいですけど、ここには体育用具しかないですよ」

「じゃーん！　こんな事もあろうかと、用意していたのさ！」

風は短パンのポケットから、紙ケース入りのトランプを取り出してみせた。

「先輩、体育の授業中にトランプで遊ぶつもりだったんですか？　見付かったら怒られますよ」

「細かい事は気にするな！　さあ、やろうやろう！」

ケースからトランプの束《たば》を出してシャッフルを始めた風に、剛は苦笑した。

考えていたものとは全然違うが、この場所で風と対決する事ができたので、剛は笑みを浮かべた。

「今日は部活ができないと思っていましたが、一応できましたね」

「だろ？　私は気が利《き》くよな？　もっとほめていいぞ！」

「ところで、カードが妙に温かいんですが……ひょっとして先輩が人肌で温めていたからですか？」

「そ、そうかもな。いや、そんなの気にするなよ。恥ずかしいだろ……」

「先輩の匂《にお》いもしますよね。これはカードからじゃなくて、先輩本体の匂いかな？」

「ほ、本体って……匂いなんか嗅ぐなよ！　そんなに汗臭いか？」

自分のシャツの匂いを嗅いでいる風に、剛は苦笑した。

「汗臭くはないですよ。なんというか、これは……乳臭い？」

「お、お前、絶対に言っちゃダメな事を言ったな⁉　誰が乳臭いんだ！」

「す、すみません、失言でした。乳臭いんじゃなくて、なにかこう、甘ったるいミルクみたいな匂いが……」

「それを世間一般じゃ乳臭いっていうんだろうがああああああああああああああああああああああああ！」

風がブチ切れ、剛は息を呑《の》んだ。

これはマズイ。非常にマズイ。逃げ場のない状況で、本気で怒らせてしまった。どうにかしなければ。

「せ、先輩、どうか冷静に……落ち着くためにゲームをやってたんですよね？」

「やかましいわあ！　いつもいつもロリ扱いしやがって、今日という今日は許さないぞ！」

風が飛び付いてきて、真横から剛に手足を絡《から》ませてくる。

剛は逃れようとしたが、風の動きは巧みで、あっと言う間に身体の自由を奪われてしまった。

「どうだ高岩、私みたいな小さいのに動きを封じられた気分は？　外せるものなら外してみろ！」

「くっ……これはもしや古武術とかの技ですか？」

「いいや、テレビでプロレス中継観て覚えた技だ。コブラツイストという！」

風は体格差をものともせず、剛の身体をガッチリと固定していた。いくら外そうとしてもビクともしない。

ただ、手加減をしてくれているのか、不思議と痛くはなかった。

小柄な風の身体がベッタリと密着してきて、グイグイと圧迫してくる。

やたらと柔らかくて温かく、甘ったるい匂いがしてきて、剛はのぼせてしまいそうになった。

「私は乳臭くなんかないよな？　むしろ大人っぽい香りがするだろ？　そうだと言え！」

「い、いや、その……練乳みたいな匂いがするような、しないような……」

「誰がコンデンスミルクだ！　胸はないのに乳臭いとはどういう事だよ？　ってやかましいわ！」

密着したまま、柔らかい肌を押し付けてくる風に、剛は赤面した。

これは非常にマズイ。このままでは理性とかそういうものが崩壊してしまいそうだ。

「せ、先輩、降参するので外してくれませんか？」

「反省の色が見られないな！ 『大人っぽい峰内先輩ごめんなさい』と言えば外してやってもいいぞ？」

「お、大人っぽい？ 助かるためとはいえ、そんな大嘘《うそ》を口にしていいものかどうか……」

「なんだと？ この野郎、もっと締めてやる！ えいえいっ！」

「くっ……！」

風が絡ませた手足に力を込め、締め付けを強めてくる。

身動きが取れないのに痛くはなく、むしろ気持ちいいので剛は参ってしまった。ある意味、苦痛を伴うよりもつらい。

「せ、先輩、あの……すごく言いにくいのですが……」

「んー、なんだ？ 私が納得できるような謝罪の言葉がない限り外してやらないぞ？」

「その……気持ちよすぎてどうにかなりそうなので、離れてもらえませんか？」

「はあ？ なに言ってんだ？ 完璧《かんぺき》に極めて動きを封じてるのに、気持ちいいわけが……」

そこで風はハッとした表情を浮かべ、頬《ほお》を染めた。

「も、もしかして、くっつきすぎてた？ 胸とか当たっちゃってたかな……」

「いえ、なにかが当たっているような感触は皆無なのですが」

「皆無言うな！　少しはあるわ！　……ほんとだぞ？」

「それはちょっと分かりませんが、全体的に柔らかくて気持ちいいというか……俺の理性が吹っ飛んでしまいそうなので……」

「そ、そうなの？　胸とか当たってるかどうか分かんないのに耐えられないって、お前の基準がよく分かんないな……」

風には理解できないらしく、しきりに首をひねっていた。

「気持ちいいのなら、もう少しこのままにしとこうか？」

「か、勘弁してください。これ以上はシャレにならないですよ」

「ふふ、冗談だよ。なんか私まで恥ずかしくなってきたし、すぐに外して……」

剛の訴えを聞き入れ、風が手足の拘束を解除しようとした、その時。

まるで狙いすましたかのごとく、出入り口の扉がガラガラと音を立てて開いていった。

「風、いる⁉　全然戻ってこないから心配して……」

扉を開けて倉庫内に飛び込んできたのは、風の友人、春日由衣《かすがゆい》だった。

ボールを返しに行ったまま戻ってこない風を心配して、捜しに来てくれたらしい。

颯爽と現れた由衣だったが、剛と風の姿を確認するなり、ビキッと固まっていた。

「た、高岩君と一緒だったんだ……こっちはすっごく心配したのに、二人でプロレスごっこなんかしてイチャイチャしてたの？　ふーん……」

自分達が非常にマズイ状態になっているのに気付き、剛と風は顔色を変えた。

風が剛に絡ませていた手足を外し、二人は慌てて離れた。

「い、いや、違うんだよ！　高岩とは偶然一緒になって、二人で閉じ込められちゃったんだ！」

「そ、そうなんですよ！　別に遊んでいたわけじゃなくて、先輩が俺を折檻《せっかん》していただけなんです！」

「……」

由衣はニコッと微笑み、スーッと後退して倉庫から出ていった。

すかさず扉をガラガラとスライドさせて、閉めてしまう。

剛と風は慌てて扉に駆け寄り開けようとしたが、既にロックされた後だった。

「か、春日先輩、開けてください！　シャレにならないですよ！」

「そ、そうだぞ、開けろ、由衣！　おい、返事しろよ！　そこにいるんだよな？　なんとか言えよぉおおおおおおお！」

再び扉が開いたのは、それから十数分後だった。

由衣の誤解を解くのには、さらなる時間を有した事は言うまでもない——。

「でも、プロレスごっこでよかったよ。もっとすごい事をしてたら、さすがの私もリアクションの取りようがなかったし」

「コブラツイストよりもっとすごい事というと……オクトパスホールドとかでしょうか?」

「……」

「先輩? どうかし……ちょっ、痛いですよ! 軽くでも腹パン連打はやめてください!」

14 邪神くん危機一髪（発）

Koryaku Dekinai Mineuchi san

ある日の放課後、剛《つよし》が部室に行ってみると、先客が来ていた。

それは風ではなく、鈴木でもない。

というか、人間ですらなかった。

『……』

「……?」

それは真っ白な体毛の、クマだった。

シロクマだ。なぜかシロクマが椅子《いす》に座っている。

普段は割と冷静な剛も、これにはさすがに仰天した。

どう対処するべきか懸命に考えを巡らせながら、スマホを取り出す。

「と、ともかく警察に通報を……」

するとシロクマがガタンと椅子を鳴らして立ち上がり、前足を振るって剛のスマホを叩《たた》き落とした。

驚く剛に、シロクマがつかみかかってくる。

『うがー！』

「うわあ！」

剛はとっさにシロクマの前足を両手で受け止めた。

クマの顔面が迫ってきて、冷や汗をかく。

喰《く》われる、と思った瞬間、反射的に右腕を振るい、シロクマの突き出た口の側面を全力で殴った。

するとシロクマの頭部がグルン、と半回転し、真後ろを向いてしまった。

「⁉」

シロクマは苦しげにもがき、やがて両手で頭部を押さえると、真上にスポンと引っこ抜いてしまった。

「ふう、びっくりした。乱暴なヤツだな」

シロクマヘッドの下から現れたのは、生徒会副会長の佐々木静香《ささきしずか》だった。

剛は目を丸くして驚き、静香の顔を凝視した。

「シ、シロクマが副会長さんだった、って、なにがどうなってるんですか⁉」

「よくできているだろう、この着ぐるみ。演劇部から借りてきたのだ」

「き、着ぐるみ？　な、なんでそんなものを着て……」

「貴様を脅かすために決まっているだろう。精神的優位に立つためにな！」

「……」

得意そうに告げる静香に、剛は呆《あき》れてものが言えなかった。

とりあえず、相手が本物のシロクマではなかった事には安堵《あんど》したが。

「脅かさないでくださいよ。シロクマって人間を食べるのか、素手で勝てるのかって真剣に考えちゃったじゃないですか……」

「こんなところに本物のシロクマがいるわけがなかろう！　常識で考えろ！」

非常識の塊みたいな静香に常識を説かれ、剛は引きつってしまった。

やりたい放題だな、この人……と思いつつ、とりあえず用件を聞いてみる。

「それで、なんの用ですか？　まさか、俺《おれ》を脅かすためだけに来たんじゃないですよね？」

「いや、貴様を脅かすためだけに来た！　……というのは冗談だ！　そんな怖い顔でにらむな！」

「じゃあ、なんの用なんですか？」

「言わなくても分かっているはずだぞ！　貴様を倒し、この怪しげな同好会を潰《つぶ》すために来たに決まっているだろう！」

やはりそれが目的か。既に何度も負かしてやっているのに、まだ勝てると思っているのだろうか。

静香が勝つまでやめるつもりはないのだとしたらきりがない。そこで剛は尋ねてみた。

「副会長さんが何回負けたら俺の勝ちになるんですか？　勝利条件をはっきりしておきたいんですが」

「そうだな。では、改めて仕切り直して、先に一〇勝した方が勝ち、というのはどうだ？」

「俺が一〇勝すれば負けを認めてくれるんですね？　了解です」

「私が負けるのを前提にするんじゃあない！　今回は今までのようにはいかないぞ！」

今まで負けた分をなかった事にしてしまうあたり、意外と抜け目がない。さすがは生徒会副会長と言うべきか。

だが、静香は明らかにゲーム初心者だ。ゲームで勝負する限り、剛の有利は揺るがないだろう。


「今回は、このゲームで勝負だ！」

「えっ？」

そう言って静香が取り出したのは、樽《たる》を模したプラスチック製の物体だった。

樽の上部に窪《くぼ》みがあり、歯を食いしばった表情の不気味な怪物の人形がはめ込まれている。

「あれ？　これって、黒ひげ……」

「違う！　『邪神くん危機一髪ゲーム』だ！」

「いやでも、これはどう見ても黒ひげ……」

「『邪神くん危機一髪ゲーム』だ！　類似のゲームがあったとしてもそれとは無関係だぞ！」

「は、はあ」

それはどう見ても超メジャーな某ゲームにしか見えなかったが、なぜか静香は別のゲームだと言って譲らなかった。

確かに、人形のデザインがかなり違うようだが……その部分だけを改造してあるように見えるのは気のせいだろうか。

樽には無数のスリットがあり、そこにプラ製の短剣を交互に刺していくゲームだ。

スリットのどれか一つが「当たり」になっていて、そこに短剣を刺すとスプリングギミックで人形が打ち出される仕掛けになっている。

「当たり」に短剣を刺して人形を飛ばした者が負け、というのが定番のルールだが、静香は異なるルールを提示してきた。

「人形を飛ばした者が勝ち、というルールにしよう。『黒ひげ』の最初期はそういうルールだったらしいぞ」

「やっぱり黒ひげなんじゃないですか……」

「私は『黒ひげ』としか言っていないのでセーフだ！」

微妙にアウトな気がしたが、面倒なので剛はスルーしておいた。

「それではゲームを始めようか。私の先攻でいいな？」

「ちょっと待ってください」

「な、なんだ？」

「始める前に、人形を回してみてもいいですか？」

「な、なぜそんな事をするのかな？」

どこかあせった様子の静香に、剛は淡々と呟《つぶや》いた。

「これって確か、人形を回す事で当たりの位置を変えられたはずですよね。だったらお互いに回しておかないとフェアじゃないんじゃないですか？」

「い、いや、それは……ど、どうかな……」

「人形がセットされた状態で出てきましたけど、もしかして副会長さんは『当たり』がどこなのか知ってるんじゃないんですか？」

「そ、そんなわけがないだろう！　そもそもそれは『黒ひげ』の話ではないか！　これは『邪神くん危機一髪ゲーム』なので、そんな仕掛けはないぞ！」

などと言いつつ、静香はダラダラと汗をかき、目を泳がせまくりだった。

どうやら性格的に嘘《うそ》をつくのが苦手なようだ。実に分かりやすい反応をしてくれている。

要するに静香は、このゲームが『黒ひげ』ではないという事にするために人形を別のデザインの物に挿《す》げ替えておいたわけか。

イカサマを見破られないようにするのが目的なのだろうが、残念ながらバレバレだ。

「違うゲームだというのなら、俺が人形を回しても問題ないですよね。俺の後に副会長さんも回してみてください」

「そ、そうだな。そうしよう……」

渋々と了承した静香に、剛は苦笑した。

危うくイカサマで負かされてしまうところだった。そうはいくか。

剛が人形を適当に回し、静香にも回させる。案の定、静香は弱り切った顔をしていた。

「ううっ、これではもうどこが当たりなのか……運を天に任せるしかないか……」

静香に先攻を譲ってみたところ、散々迷った末に短剣を刺したが、なにも起こらなかった。

剛が刺してもなにも起こらず、しばらくは緊張した状態が続いた。

「当てようと思うと意外と当たりませんね……」

「そ、そうだな。どこが当たりなのか分からないし……」

やがて刺せる場所が残りわずかになり、決着の時が来た。

剛が剣を刺した瞬間、確かな手ごたえと共に、邪神くん人形がバシュッと真上に打ち出された。

『キシャアアアアアアア！』

人形には音声ギミックが組み込まれていたらしく、気味の悪い奇声を発しながら宙を舞い、机の上にコトンと落下した。

「すごく凝った仕掛けですね。誰《だれ》かに作ってもらったんですか？」

「う、うむ、模型部の連中を脅して製品版と言っても怪しまれないクオリティの人形を作らせて……い、いや、これはそういう商品なのだ！」

「……とりあえず、俺の一勝ですね。あと九勝すればいいんですよね？」

「くっ、こんな運任せのゲームでも強いとは……ゲームの達人か、貴様！　恐ろしいヤツめ！」

悔しそうな静香に苦笑しつつ、剛は樽から短剣を抜き、次の勝負の準備をした。

すると静香が、ため息をつき、呟いた。

「仕方ないな。できればこの姿のままでいたかったのだが、負けは負けだ……」

「副会長さん？　ま、まさか……」

静香は背中に手をやり、ファスナーを下ろすと、シロクマの着ぐるみをスルッと脱いでしまった。

脱皮でもするようにして着ぐるみを脱ぎ捨て、その下に着ていた衣装を披露する。

なんとそれは、メイド服だった。野暮《やぼ》ったい着ぐるみ姿から一転して、可愛《かわい》らしさを全開にしたような衣装を身にまとった静香に、剛は目を丸くした。

「な、なんなんですか、その格好は⁉　な、なぜメイド服を……」

「ふっ、貴様を驚かすために決まっているだろう！　ちなみにこれも演劇部から借りてきた！　どうだ、驚いたか！」

「びっくりですよ！　メイド服なんて、そんな……そんなのは……」

メイド服は胸元《むなもと》が大きく開き、フレアミニ、白のニーソックスというスタンダードなものだった。

プロポーションのいい静香には抜群に似合っていた。

「ま、まあ、すごく似合っているとは思いますけど……」

「そ、そうか？　そう言われると悪い気はしないな……」

静香はモジモジしていたが、ハッと我に返り、剛をにらんだ。

「そ、そんなお世辞を言って私の機嫌を取ろうとしても無駄だからな！　甘く見るんじゃない！」

「別にそんなつもりは……しかし、学校でメイドさんとゲームって、いいんですかね？」

「いいわけがなかろう！　実に不健全だ！」

「自分で着替えてきておいて不健全って……あっ、もしかしてそれを理由にうちを廃部に追い込むつもりなんじゃ……？」

「ふっ、この私がそこまで考えていると思うか？」

「えっ？」

「考えているわけがなかろう！　あまり買《か》い被《かぶ》らないでもらおうか！」

「そ、そうですか。罠《わな》じゃないんなら別にいいんですけど……」

色々な意味で恐ろしい人だと思い、剛は気を引き締めて勝負の続きに挑んだ。

「今度こそは私が当ててやる！　ああっ、またハズレか！」

「では、俺の番ですね。次は……ここかな？」

『キシャアアアアアアア！』

「ば、馬鹿《ばか》な、また貴様が当てただと⁉　どうなっているのだ！」

剛が人形を飛ばし、勝ちが確定する。ちなみにこれで七連勝目だ。

「こ、こんなはずでは……あんなに練習したのに……」

静香はこのゲームで剛に勝つため、一人で練習を積んできたらしかった。

その方法は、人形を回して当たりの位置を自由にセットするというものだったようだが、剛が見破ったために使えなくなってしまった。

完全に運任せの勝負となったわけだが、それで一度も勝てないでいるのだから、静香の運の悪さは相当なものだろう。

「また負けか。仕方ない、次は胸元のボタンを外そう」

「それはやめてくださいよ！　なんで脱衣ルールを強行するんですか！」

負けるたびに静香がメイド服を脱いでいくため、剛はかなり困っていた。

装飾品が多いために、まだ服そのものを脱いでいないのが救いだが、それも限界のようだ。

「一〇勝した方が勝ちというルールだったな。貴様があと三勝しない限り、私は負けを認めないからな！」

「ルールは了解しましたけど、脱ぐ必要はないじゃないですか！　もうそのへんでやめてください よ！」

「いいや、駄目だ。厳しいリスクがあってこそ、真剣な勝負ができるのだ。私が脱ぐのは、これ以上負けたらマズイ、という状況を作って自分を追い込むためだ！　貴様にも付き合ってもらうぞ！」

「言ってる事は格好いいのに、やってる事はただの脱衣というのはどうなんですか？　まいったな……」

静香が胸元のボタンを外し、深い胸の谷間があらわになり、剛は目のやり場に困ってしまった。なるべく見ないように努めつつ、この厄介な人物をどう処理すればいいのかを考える。

こうなったらさっさと負かして追い返すしかないか。

次のゲームの用意をしようとしたところ、ガタン、と音がして、剛は首をひねった。

「？」

音は壁際にある、掃除道具入れから聞こえてきた。

剛が目を向けると、掃除道具入れの扉が、ギイイイ……と音を立てて開いていった。

「なっ……！」

長い髪をした、小柄な少女が出てきて、剛は息を呑《の》んだ。

一瞬、幽霊かと思ったが、それは小さな先輩、峰内風《みねうちふう》だった。

どこか不機嫌そうな顔をして出てきた風に、剛はおそるおそる声を掛けてみた。

「せ、先輩？　いつからそこに……」

「お前らが来るより前からだよ」

「ええっ、そんな前から……でも、どうしてそんなところに？」

「いや、ちょっと高岩を驚かしてやろうかな、と思って隠れてたんだよ。そしたらシロクマの着ぐるみを着たヤツが来ちゃって、出るに出られなくなって。高岩が来たと思ったら、シロクマだった副会長と勝負を始めちゃって、なんだか出づらくなってさ」

「そ、そうだったんですか……」

「高岩が困ってたら助けてやるつもりだったのに、なんか楽しそうに遊んでやがるし。これ以上副会長を脱がせたらマズイだろうと思って、出てきたんだよ」

風の説明を聞き、剛はうなった。

つまり、ずっと風に見られていたわけか。そう思うと死にたくなってくる。

「メイド姿の副会長とゲームをして楽しそうだったな？　んん？」

「い、いいえ、決して楽しんでいたわけでは……先輩が出てきてくれて助かりました」

「ほんとか？　もうちょっとで脱がせられたのに残念とか思ってないか？」

「お、思ってませんよ！　信じてください」

風から疑いの眼差《まなざ》しを向けられ、剛は冷や汗をかいた。

ちょっと楽しかったのは事実なので、強く反論できないのが悔しいところだ。

静香は風をジロッと見ただけでなにも言わず、剛に声を掛けた。

「残念ながら今回もドローか。勝負は次に持ち越しだな！」

「いやドローって、俺の圧勝でしたよね？　互角の勝負だったみたいに言わないでくださいよ」

「決着がついていないのだから引き分けで間違いないだろう！　だから私は負けていないのだ！　今までも、これからもな！」

「む、無茶苦茶ですね、副会長さん……」

「次こそは、貴様をボコボコに負かしてくれるわ！　その時がこの弱小同好会の最期だ！　首を洗って待っていろ！　では、さらばだ！」

言いたい事だけ言って、静香はシロクマの着ぐるみを抱えて帰っていった。

機嫌が悪そうな風と二人きりになり、剛は居心地が悪くなった。

「す、すみません、先輩。今日こそはきちんと勝って決着をつけるつもりだったんですが……もちろん副会長さんを脱がせようなんて思ってませんよ？　そこは信じてください」

「別にいいけどさ。あいつが同好会を潰して回ってるのは事実らしいし、遊んでる場合じゃないんじゃないか？」

「そ、そうですね。どうにかして脱ぐのを防いだ上で負けを認めてもらうしかないか……」

「メイドさんとゲームができてラッキーとか思ってないか？」

「思ってませんよ！　……ちょっとしか」

すると風はニコッと微笑み……剛の足をムギュッと踏んだ。

「あいたっ！」

「痛いか？　メイドさんに癒《いや》してもらったらどうだ？」

「は、はは……冗談キツいなあ」

「なにがおかしいんだ？」

「はは……すみません……」

笑顔の風にギロッとにらまれ、剛は冷や汗をかいたのだった。

15 先輩と傘

Koryaku Dekinai Mineuchi san

ある日の放課後、剛《つよし》が専門棟の一階へ行ってみると。

廊下の入り口にロープが張られていて、『立ち入り禁止』と記された札がぶら下がっていた。

「なんだこれは……まさかうちの部の活動を妨害しようとする何者かの陰謀か……?」

さては生徒会執行部の仕業なのか。ありえる話のような気がする。

剛が半ば本気でそんな事を考えていると、そこへ小さな先輩、峰内風《みねうちふう》がやって来た。

「おう、高岩《たかいわ》。なんか今日は専門棟一階廊下の補修工事をするらしくて通れないってさ」

「えっ? じゃあ、生徒会の陰謀じゃ……」

「ないよ、ないない。なんだよ陰謀って。中二病でもこじらせてるのか?」

どうやら考えすぎだったようで、剛はちょっと恥ずかしくなった。

「それじゃ、部室には行けないわけですか」

「残念だけどそうなるな。今日の部活は休みにするしかないだろな」

「そんな……先輩としたかったのに……できないなんて、あんまりだ……!」

「……」

風は顔を伏せ、無言で剛の脚をバシッと蹴《け》った。

「あいたっ！　せ、先輩、なにを……？」

「言葉を、選べ。妙な言い回しをするな」

「えっ？　先輩としたくてたまらないのは事実ですが、なにかまずかったですか？」

「……」

風は頬《ほお》を染め、先程よりも強めに剛の脚を蹴った。

「あいたっ！　せ、先輩、痛いんですが」

「私と『勝負を』したくて、だろ？　どうとでも取れる言い方をするな！」

「えっ？　なにか他の意味に当てはまったりしますか？」

「私に説明を求めるな！　い、いやらしい……」

「？」

ともかく、今日は部活を休みにするしかなさそうだった。

専門棟を離れ、一般棟の昇降口へ向かう。

二人が靴を履《は》き替えて外に出ようとしたところ、いきなりザーッと音を立てて雨が降ってきた。

バケツをひっくり返したような激しい雨に行く手を阻まれ、剛と風はその場に立ち尽くした。

「まるで俺《おれ》達が外に出る瞬間を狙《ねら》いすましたように降ってきましたね……」

「そうだな。ゲリラ豪雨ってやつか？」

「もしや、何者かの陰謀なのでは？　先輩が所持する伝説のレアカードを狙った組織が、天候を操《あやつ》って……」

「ああ。ついに『組織』が動き出したか。誰《だれ》が来ようと伝説のウルトラレアカードは渡さないぞ！　ワンターンキルで葬ってやる！」

「おおっ！　なんだか新シリーズが始まったような熱い展開に……！」

「……って、ないない、そんなのないから！　レアカードも組織も存在しないぞ！　妄想はやめろ！」

「えーっ……」

残念ながらホビー系アニメのような展開にはならないらしい。現実は非情だ。

「先輩、傘を持っていますか？」

「いや、ないな。天気予報じゃ降水確率0％だったし。高岩は？」

「俺も持ってきてないです。まさか降るとは思わなかったので」

「だよなー」

二人とも傘がないのを確認し、ため息をつく。

「雨がやむまで待つしかないですね」

「そうだな。そのうちやむだろ」

だが、予想に反して雨はやみそうになく、それどころか激しさを増して降ってきていた。

二人が立っている昇降口の出入り口付近まで雨が降り込んでくる。

剛は風の肩をそっとつかみ、雨がかからないところまで後退させた。

「わ、悪いな。ありがと……」

「いえ。勝手に触ったりしてすみませんでした」

「ひょっとして、結構ドキドキしながら触ったのか？」

「ええ、まあ」

「そ、そっか」

風が頬を染め、剛もなんだか照れ臭くなった。

コホンと咳払《せきばら》いをして、風が呟《つぶや》く。

「『大人っぽい年上の先輩に触れちゃってドキドキ！』って感じか？　なるほどなー」

「肩に触れた瞬間、指を全部折られるんじゃないかと思ってドキドキしました」

「そういうドキドキかよ！　私は殺し屋でも人間凶器でもないんだぞ！」

「あと、めっちゃ細くて柔らかいのでドキドキしました」

「んなっ⁉　そ、そういう事言うなよな……」

風が真《ま》っ赤《か》になり、顔を伏せてしまう。

既にほとんどの生徒は下校した後のようで、周囲に人気はなかった。

二人きりでたたずみ、滝のように降《ふ》り注《そそ》いでくる激しい雨を眺める。

「やみませんね。どこかで傘を手に入れてくるしかないか……」

「そうだな……ん?」

「どうしました?」

「い、いや、なんでもない」

通学用のバッグを探っていた風が妙な反応をしたので、剛は首をかしげた。

風はチラチラと剛の様子をうかがいながら、問い掛けてきた。

「なあ、高岩。もしもの話だけど……傘が一本だけあったとしたらどうする?」

「一本あれば十分じゃないですか。二人で傘を差して帰りましょう」

「で、でもさ、一つの傘に男女で入るのってまずくないか?」

「考えすぎじゃないですか?　部活の先輩と後輩が一緒に帰るぐらい普通でしょう」

「そ、そっか、そうだよな。それじゃあ……」

「まあ、事情を知らない第三者が見たら、ただのカップルにしか見えないかもしれませんけど」

「!?」

通学用のバッグから何かを取り出そうとした風だったが、そこで動きを止めた。

頬を染め、「なんでそういう事言うかな……」と呟いた風に、剛は首をかしげた。

少し考えてから、剛は呟いた。

「俺がもしも傘を持っていたとしたら……」

「えっ？」

「もちろん、先輩を傘に入れてあげますが……先輩が一つの傘に入るのを嫌がるようだったら、先輩に傘を渡して、俺は一人で帰りますよ」

「い、いや、それだとお前はずぶ濡《ぬ》れになっちゃうぞ？」

「別に構いませんよ。ちょっと濡れるぐらい平気ですし、先輩が濡れて風邪を引くよりはいいじゃないですか」

「……」

風は頬を染め、なにかゴニョゴニョと呟きながら、バッグを探った。

折り畳み傘を取り出し、剛に差し出してみせる。

「あれ？　先輩、傘を持っていたんですか？」

「バッグの中に入れっぱなしにしてたみたいだ。さっき気付いた」

「そうなんですか。それならすぐ出してくれればよかったのに」

「いや、だって……二人で一つの傘に入るのって、ちょっとアレだし……」

「アレって？　なんですか？」

「う、うるさいな！　ほら、傘があったんだから、さっさと帰るぞ！」

折りたたみの傘を開き、風がなにかを誤魔化《ごまか》すように言う。

剛がうなずくと、風は開いた傘を頭上に持ち上げた。

身長差がかなりあるため、剛の頭までカバーするには、風が真上に向けて腕を伸ばさなければならなかった。

「あの、俺が傘を持ちましょうか」

「いや、これは私の傘なんだから私が持つ」

「でも……」

どちらが傘を持つかでもめていると、そこへ一人の少女がやって来た。

風の友人、春日由衣《かすがゆい》だ。由衣は傘を開きながら、笑顔で声を掛けてきた。

「二人ともお疲れー」

「お、おう、由衣。部活は？」

「この雨のせいで中止だって。今から帰るとこだよ」

由衣は女子テニス部に所属しているらしい。そのまま帰ろうとする由衣を、風が慌てて呼び止める。

「お、おい、待てよ！　傘があるんなら私を入れてくれ！　そしたら高岩は私の傘を差して帰れるし」

「ふふ、なに言ってるの？　そんなの駄目に決まってるでしょ。二人の仲を裂くような真似《まね》はできないよ」

「お前こそなにを言ってるんだ？　お、おい、待てってば！」

「ばいばーい！」

笑顔で手を振り、由衣は降りしきる雨の中へと去っていった。

風が困った顔をしているのを見て、剛は呟いた。

「あの、先輩。俺と一緒の傘に入るのが嫌でしたら、一人で帰ってもらっても……」

「なーに言ってんだ、バカ。……嫌だなんて一言も言ってないだろ」

「えっ？　でも……」

「いいから入れ。あと、やっぱり高岩が傘を持ってくれ」

「あっ、はい」

剛が傘を差し、風が隣に並ぶ。

並んで歩くのはいつもの事だが、一つの傘に入るので、嫌でも互いの距離が近くなる。

「これが噂《うわさ》に聞く相合傘というヤツですか？　悪くないですね」

「あ、相合傘とか言うなよ！　言わないようにしてたのに、恥ずかしいだろ……」

「部活は中止になるわ、いきなり雨は降るわで最悪な日だと思いましたが……そうでもなかったみたいですね」

「そ、そうか？　もしかすると何者かの陰謀なのかもしれないぞ？」

「こういう陰謀なら歓迎しますよ」

雨が激しさを増して降ってきて、濡れないようにと風がペタッとくっついてくる。

ドキッとしながら、剛は風から離れないようにした。

激しい雨が降りしきる中、二人は身を寄せ合うようにして一本の傘に入り、下校したのだった。

EX4 風の独り言④

Koryaku Dekinai Mineuchi san

うーっす、峰内風《みねうちふう》だ。みんな、元気か？
聞いた話だけど、男っていう生き物は、女のおっぱいしか見ていないらしいな。
ふふっ、○ねばいいのにな？
おっと、つい本音が……今のは聞かなかった事にしといてくれ。

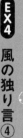

高校生ともなると、みんな育ってきてるよな。
大人とそんなに変わらない身長や体型をしているのも結構いたりする。
まあ、私は相変わらずちんまいまんまなんだけどな。
これでも毎年、少しずつ成長してるんだけど、成長の度合いが小さすぎるんだよな。
もしかして全校生徒で一番背が低いんじゃないかって思うと憂鬱《ゆううつ》になる。
せめて標準よりちょっと低めぐらいになりたいよなあ……。

高岩《たかいわ》のヤツはかなり背が高い方だ。本人から聞いた話だが、小学生の頃からずっと背が高かったらしい。

私とは真逆の人生を歩んできたわけか。ほんと、私とあいつはなにもかもが正反対だよな。

そんな正反対な二人が、同じ趣味を持っていて、同じ部活で毎日顔を合わせてるんだから不思議なもんだよな。

これって運命なんじゃ……いや運命は言いすぎか？

ま、まあ、人の縁っていうのはどこに転がってるのか分かんないって事だよな。


そういや、この前、高岩と一緒に体育倉庫に閉じ込められたんだけど。

学年もクラスも違ってて、男子と女子なのに、たまたま体育の時間が重なって、二人とも用具室に用事があって……なんて事、そうそうないよな。

どんだけ偶然が重なったらそんな事になるんだ？　千分の一、いや万分の一以下の確率なんじゃないか？

やっぱり運命なんじゃ……って、そんなわけないか。ははは……。


閉じ込められたのにはびっくりしたけど、特に不安はなかった。

これがまあ、誰《だれ》だか知らない男と一緒だったりしたらさすがにアレだったと思うけど。

高岩なら、知らない仲じゃないし、安心だ。二人きりだからって、あいつが襲い掛かってくる事なんか絶対にないし。

だってさあ、毎日、人気のない部室で二人きりでゲームしてるんだぞ？

場所が変わったぐらいで、どうにかなるなんて事はないよな。

ちょっと残念……なんて事はないない、ないって！　いやほんとに。


それから、相変わらず生徒会副会長が部室にちょくちょく来てるんだけど。

あの女、何度負けても平気な顔してまた来るんだよな。自分が勝つまでやるって、どこかの誰かと同じじゃないか。

プロポーションに自信があるのか知らんけど、やたらと脱ぎたがるし……。

ああいうのは教育上よろしくないし、そろそろぶっ殺……もとい、注意しておくべきかな？


あいつは馬鹿《ばか》だが、生徒会が同好会の整理を行っているのは事実だ。

活動についてのアピールはできているんじゃないかと思うけど、問題はやっぱり部員の数だよな。

私はまあ、一時的に部員って事にしてあげてもいいんだけど。

入部してくれそうな連中には断られてるしなあ。どこかに適当な人間が落ちてないかね？

名前を借りるだけなら知り合いに頼めばいけると思うけど、細かくチェックされるとバレちゃうかもな。

気のせいか、ボドゲ部はやたらと厳しくチェックされているみたいなんだよな。

副会長が何度も来てるっていうのが既に普通じゃないし。

あの女の場合、高岩とゲームで遊びたくて来ているような気もするけど……たぶん理由はそれだけじゃないな。

副会長個人にというより、生徒会そのものから目を付けられているような……私の考えすぎだといいんだけど。

16 部員倍増計画

「うーん、うーん……」

「ど、どうした高岩《たかいわ》、念動力の実験でもしてるのか？」

　ある日の部室にて。

　剛《つよし》が腕組みをしてうなっていると、風《ふう》が問い掛けてきた。

「違いますよ。どうやったら部員を増やせるのか、考えていたんです」

「ああ、そっか。いまだに入部希望者が一人も来てないもんな！」

「うっ……！　あんまりハッキリ言わないでください……」

「わ、悪い」

　剛の計画では、部活という受け皿さえ作ってしまえば、入部希望者は自然と集まってくるはずだった。

　それがどういうわけか、一人も現れない。見学者すら来ないので、もはや絶望的だ。

「たぶんみんな、うちの部の存在を知らないんだと思うんですよね。設立したばかりの同好会

Koryaku Dekinai Mineuchi san

ですし、認知度が低すぎるのでしょう」

「それはあるかもな。でも、部員募集のポスターは貼《は》り出してるし、ビラ配りもしたんだろ? これ以上どうするんだよ」

「そうなんですよね。許可されている範囲の募集活動は既にやっていますし、過剰な宣伝は禁止されてるから、どうしたものかと……」

しばらく思案してから、剛は呟《つぶや》いた。

「ここはやはり、先輩に一肌脱いでもらうしかないんじゃないでしょうか」

「えっ、私? わ、私が脱ぐのか? や、やだ、恥ずかしいな……」

「……」

「分かってるよ、そういう意味じゃないって言うんだろ? そんな冷たい目で見るなよな……」

「いえ。ほっといたら本当に脱ぐんじゃないかと思って……脱がないんですか?」

「脱ぐか! お前はほんと、どこまで本気なのかサッパリ分かんないな!」

ちょっと残念に思いつつ、剛は説明をした。

「うちにはせっかく先輩がいるわけですから、先輩のかわいらしさや愛らしさを前面に押し出してアピールすれば、うちの部の認知度は爆発《ばくはつ》的に跳ね上がるんじゃないかと……」

「待て待て待て! 私を広告塔に使おうってのか? それは色々と無理があるだろ! べ、別にそんな、かわいくもないし……」

「いえ、それは心配しなくても大丈夫です。先輩のかわいらしさは俺《おれ》が保証します」

「お、お前に保証されてもなあ……ちょっと困る……」

「自信持ってください。先輩は黙っていれば美少女で十分通用する人です。ニコニコしていれば大概の人間は騙《だま》されるでしょう」

「そ、そう？　……ん？　黙ってニコニコしてれば騙されるって、口を開けばそうじゃなくなるって事か？」

「……」

「おいこら目をそらすなよ！」

風から露骨に目をそらしつつ、剛は呟いた。

「先輩の写真をポスターに貼り付けてみましょう。格好いいポーズを取って『ワンターンキルの風が吹くぜ！』という手書きの台詞《せりふ》付きならバッチリですよ」

「ばっ……そ、そんなの絶対ダメだからな！　つかその台詞、なんで知って……」

「台詞は今適当に考えたんですが……どうかしました？」

「い、いや、なんでもない。ともかくその台詞だけはダメ！　『ワンターンキル』も禁止だ！」

「えー……」

我ながらナイスアイディアだと思ったのに。剛はガックリ来てしまった。

すると風が、ニヤッと笑って提案した。

「ここは部長の高岩が一肌脱ぐべきなんじゃないのか？」

「えっ、俺がですか？　別に構いませんが……モザイクかけてもらえますか？」

「なんで脱ぐ気満々なんだよ！　お前の脱衣に対する抵抗のなさはなんなの？　脱ぐ必要なんかないからな！」

「そうなんですか？　残念です」

　残念そうにため息をつく剛に引きつりつつ、風は自分の案を告げた。

「高岩が笑顔全開＆ガッツポーズの写真撮って、それをポスターにしちゃうのはどうかな？　キャッチフレーズは『ゲーム好き募集中！　オレ様とゲームしようぜ！』とかでさ」

「な、なんですかそれ。明らかに俺のキャラじゃないですよね？　誇大広告もいいところなんじゃ」

「インパクト重視なのさ。見たヤツが『なんだこの部は？　変なの』と思えば成功だ！　二、三人ぐらいは冷やかしに来るかもしれないぞ！」

「そんな恥ずかしい広告を出しておいて、冷やかしが二、三人って……割に合わないですよ」

　剛が不満そうに呟くと、風はムッとした。

「贅沢言うなよ！　見学者すら来ない今の状態よりはマシだろ！」

「それはそうですけど……ハイリスクローリターンというのはどうも……」

「高岩目当ての女子が集まってくるかもしれないぞ？　そしたらうれしいだろ？」

「そんな奇特な人がいるとは思えませんが……」

「いーや、分かんないぞ？　お前好みの年上で巨乳の女どもが集まってきたらどうする？」

「別にどうもしませんが……部員が集まってくれればそれで……」

「ほんとか？　ほんとはうれしいんだろ？　素直に吐け！」

ヘラヘラと笑いながら小突いてくる風に、剛は困ってしまった。

コホンと咳払《せきばら》いをして、話を戻す。

「真面目《まじめ》な話、俺は前に出てこない方がいいと思います。それよりも先輩を、ボドゲ部のイメージキャラか、マスコット的なものに仕立て上げた方が集客は見込めるんじゃないかと」

「イメージキャラにマスコットか。要するに客寄せパンダだろ？」

「アイコン化とも言います」

「アイコン化ねえ？」

今一つピンと来ない様子の風に、剛は具体的な案を提示してみた。

「勧誘専門のマスコットキャラを作ってみるというのはどうでしょうか？」

「勧誘専門？　私がやるのか？　そんなのどうやればいいんだ？」

「普段は抑えているかわいらしさを開放する感じで、女の子っぽく演じてみてください。それでいけると思います」

「なんか引っ掛かるな。普段の私はかわいくないし女の子っぽくもないっていうのか？」

「いえ、俺的にはむしろ普段の方がいいと思うのですが、そこは一般向けに調整するという感じにしてですね」

「お前がなにを言ってんのかサッパリ分かんないんだけど……」

剛の意見が高度すぎて理解できないのか、風は困ったような顔をしていた。

それでいいと思う。風には無垢《むく》なままでいてほしい。

「なんだか変な方向に向かってないか？」と呟きつつ、風は勧誘専門のキャラ作りに挑戦してみてくれる事になった。


「かわいらしさ……女の子っぽさを開放……おだやかな心を持ちながら激しい怒りによって目覚めるスーパーサ○ヤ人みたいな感じか……？」

ブツブツと呟きながら風が席を立ち、気を高めるように「はああ……！」と全身に力をみなぎらせる。

不意にピタッと動きを止めると、長い髪をなびかせながらクルッと一八〇度回転し、両足を肩幅に開いて立ち、ポーズを取ってみせた。

左手は腰に当て、右手は顔の横でピースサインを作り、ウインク＆ニパッと笑顔で叫ぶ。

「やっぽー、ボドゲ部のアイドル、風ちゃんでっすぅーッ！　私とぉ、ゲーム、しよっ☆」

「せ、先輩⁉　ど、どうしちゃったんですか、一体⁉」

「……っせーな！　お前がやれって言うからやったんだろが！　なんか文句でもあるのか？」

「い、いやでも、そこまで豹変《ひょうへん》されるとリアクションに困るというか……どこから声を出してるんですか？」

「甘いな、高岩クン☆　女の顔は一つじゃないんだぞ？　かわいいしゃべり方ぐらい、密かに練習しているものなのさ☆」

異様に高い声＋おかしな口調で話す風に、剛は戦慄《せんりつ》を覚えた。

練習しているのか、密かに。それが事実なら風はなにを目指していて、どこへ向かおうとしているのか。ちょっと心配になってくる。

「ねーねー、キミ、ゲームに興味あるぅ？　ボドゲ部に入ってよー！」

「あっ、はい。入ります！」

「イエイ、部員一人、ゲットォ！　……って、このぐらいチョロいと楽なんだろうけど、実際はそう甘くないか」

「俺なら間違いなく入部しますよ」

「部長のお前がそんなにチョロくてどうするんだよ？　でもまあ、いけそうなら試してみるか。暇そうな一年生に声掛けて回ろうかな？」

なにかが吹っ切れたのか、風は意外とノリノリだった。

風が今の調子で一年の男子連中に声を掛けて回る姿を想像し、剛は眉根《まゆね》を寄せた。

「これはやめましょう。こういうのはよくないです」

「今さらなに言ってんだよ？　言い出したのは高岩だろ。なにか不満でもあるのか？」

「先輩のキャラ作りは悪くないと思うんですが……それで男を釣るみたいなのはどうかと……」

「お、男を釣る？　人聞きの悪い言い方すんなよ！　あっ、さては私の勧誘テクがすごすぎて嫉妬《しっと》してるんだろ？」

　凪の指摘にムッとしながら、剛は冷静に答えた。

「先輩目当てのロリコンどもが殺到したら困るじゃないですか。先輩は平気なんですか？」

「そ、そりゃ、そんなのばっかり来ても困るけど……つか、私をロリ扱いするのはやめろってば！　これでも年上、年上だから！　見た目に惑わされるな！」

「俺は先輩が年上だと分かっていますし、見た目がロリだろうとアダルトだろうと接し方を変えたりしませんよ」

「それ、ほんとにほんとか？　命賭《か》ける？」

「命賭けるって小学生じゃないんですから……俺は高校生なので賭けません」

「あっ、逃げた！　ほんとは自信ないんだろ！　私の外見が大人っぽかったら緊張してまともに話せないんじゃないのか？」

「それはないですね。今の状態の先輩が相手でも、結構緊張していますので」

「えっ？　そ、そうなの？」

剛が真顔でうなずくと、風は頬《ほお》を染めた。

目を泳がせながら、照れ隠しのようにおどけて言う。

「い、いやー、そっかー、緊張しちゃうのかー。やっぱなんのかんの言っても年上だし？　一つ下の高岩君には大人に見えちゃってるのかなー？」

「いえ、それはないです」

「ないのかよ！　つか即答すんなよ！」

「一年生全員を見回してみても先輩より幼く見える人はいないと思います」

「知りたくない事実を突きつけてくるなよ！　マジで泣くぞ⁉」

風は目尻に涙をため、本当に泣きそうになっていた。

涙目になっている先輩もかわいいな、と思い、剛は笑みを浮かべた。


結局、部員募集に関するよい案は浮かばず、とりあえずは現状維持という事になった。

ボドゲ部が正式な部活になるのは、まだまだ先の事になりそうだった。

「もういっそ開き直って、ロリキャラになりきってみようかな？　アダルトな私にはとても難しい事だが」

「あ、あの、先輩？　それはちょっとマジでシャレにならないのでやめた方が……」

「どういう意味だよ？」

「そのまんまの意味です」

17 存続の危機

Koryaku Dekinai Mineuchi san

ある日の事。

剛《つよし》が廊下を歩いていると、不意に曲がり角から一人の女子生徒が飛び出してきた。

「きゃっ」

「！」

避ける暇もなく、二人はぶつかってしまい、剛はなんともなかったが、少女は後ろ向きに倒れ、尻餅《しりもち》をついた。

「だ、大丈夫ですか？」

剛は慌てて手を差し出し、倒れた少女を助け起こした。

少女は手早く埃《ほこり》を払って服装を整え、剛にニコッと微笑みかけてきた。

「ごめんなさい。お怪我《けが》はありませんか？」

「いえ、俺《おれ》は大丈夫です。あの、そちらこそ怪我は……」

少女の姿を改めてよく見て、剛はハッとした。

真紅の長い髪に、透き通るような白い肌をした、どこか幻想的な美しさを備えた少女。

会話を交わすのは初めてだが、剛は彼女に見覚えがあった。なぜなら……。

「あの、生徒会長さん、ですよね？」

「はい。生徒会長の、宮本美礼《みやもとみれい》です」

やはりそうか。ぶつかった相手が生徒会長である事を確認し、剛は冷や汗をかいた。

生徒会長についての噂《うわさ》は色々と聞いている。全校生徒の中でもトップレベルの美少女である事は見たままだが、成績優秀でスポーツ万能、絵画や音楽、書道などでも高い評価を受けているとか。

性格は穏やかで生真面目《きまじめ》、多くの生徒から支持されており、教師受けもいいらしい。二年生で生徒会長を務めている、まさに完璧《かんぺき》超人だ。

そんな人気者で完璧超人な生徒会長とぶつかり、尻餅をつかせてしまうとは……副会長である佐々木静香《ささきしずか》の件もあるし、悪い印象を与えてしまったとしたらマズイ。

とりあえず謝罪しなければと思い、剛はビシッと気を付けをして、頭を下げた。

「す、すみませんでした！　俺がボーッとしていたから……」

「いえいえ、私の方こそすみませんでした。完全に私の前方不注意です。ごめんなさい」

生徒会長、宮本美礼は自分の過失だと言い、頭を下げてきた。

どうやら怒ってはいないようなので、剛は安堵《あんど》した。

向こうは剛の顔など知らないとは思うが、揉《も》め事《ごと》は起こさないに越した事はない。

「でも、びっくりしましたよ。まさか、ボードゲーム研究部の部長さんとぶつかっちゃうなんて……」

「……えっ？」

「あなたが部長さんなんでしょう？　1-3の高岩《たかいわ》剛君」

「⁉」

笑顔でサラッと告げた生徒会長に、剛は目を丸くした。

ボドゲ部の部長である事を知っているというだけでも驚きなのに、顔と名前はおろか学年とクラスまで知られているとは……。

調べれば分かる事ではあるが、生徒会長がわざわざ同好会扱いの部活の部長について調べたりするだろうか？　調べているとしたら、一体なんのために？

「なぜ自分の名前やクラスまで知っているのか、という顔ですね」

「え、ええ、まあ……」

「答えは簡単です。私は、全校生徒の顔と名前、学年とクラスを暗記していますので」

「ええっ⁉　そ、そうなんですか？」

「……と言ったら信じますか？」

今のは冗談だったのか、美礼はクスッと笑った。

彼女が噂通りの完璧超人だとすれば、そのぐらいの芸当はできそうな気もするが。

「ところで、うちの副会長から聞いていると思いますが、現在、生徒会では同好会の調査と整理を行っています。あなたのところは大丈夫ですか？」

「あっ、はい。ちゃんと活動している事は副会長さんに伝えてありますし、部員の方も少しずつ増やしていけそうな感じで……」

「それなら大丈夫ですね。実は先日の会議で、今週末までに部員が四人未満の同好会はすべて廃部にするという事になったのですけど」

「なっ……部員が四人未満だと廃部⁉　マジですか！」

「はい、マジです。正規の部活にするには部員が五人必要なわけですが、それが無理だったとしても、せめて四人はいないと部活として成立しないでしょう。そのようなわけなので、規定に満たない同好会は廃部になります。これは各部活の代表や、学校側も了承している決定事項です」

美礼から衝撃の事実を告げられ、剛は愕然《がくぜん》とした。

同好会に対し、生徒会が厳しい対応を取っている事は分かっていたつもりだったが、まさかこれほどとは。

「あの……部員は三人ぐらいにまけてもらえませんか？」

「ふふ、それは無理ですよ。四人集められなかった同好会は廃部です。期限は週末までなので、忘れないでくださいね」

「は、はい……」

部員が四人必要。剛を除き、あと三人も入部させないといけない事になる。

状況は最悪だ。これはもう、四の五の言っている場合ではない。

どんな手段を使っても、部員を確保しなければ。

「朝霧《あさぎり》さん、実は頼みがあるんだが」

教室にて、休み時間。剛は眼鏡《めがね》が似合うクールな少女、朝霧夕陽《ゆうひ》に声を掛けた。

いつになく真剣な様子の剛に、夕陽は首をかしげた。

「なにかしら。例の同好会に今すぐ入部してほしいという話以外なら聞くけど」

「うっ……！」

機先を制され、剛は言葉に詰まった。

夕陽とはいつもゲームをしているし、彼女なら真剣に頼めば部員になってくれるのではないかと考えていたのだが……。

「その、どうしてもダメかな？　名前を貸してくれるだけでもいいんだけど……」

「生徒会が、活動していない同好会をチェックして、廃部を勧告しているからでしょう？　それを回避したいわけね」

「!?　な、なぜそれを……！」

「私は一応、クラス委員だからね。生徒会の情報も入ってくるのよ。同好会を整理しているという話は聞いていているわ」

「そうなのか……」

夕陽がそこまで知っているとは思わなかった。事情を知った上で断ったのだとすると、彼女を入部させるのは難しいかもしれない。

だが、そう簡単には引き下がれない。どうしても剛はボドゲ部を存続させたいのだ。そのためなら、少々強引《ごういん》な手段を取る事も辞さないつもりだ。

「朝霧さん、改めて俺と勝負してくれないか。うちの部への入部を賭《か》けて」

「つまり、高岩君が勝てば私に入部しろ、というわけ？　私は一度もあなたに勝てていないのに？」

「うっ……！　ま、まあ、そういう事になるかな……」

言われてみれば確かにその通りだ。そんな分の悪い賭けに乗る人間がいるわけがない。

なにか夕陽が喜びそうな条件を付けなければ無理か。彼女が好むものとはなんだろう？

「俺が負けたら、朝霧さんに部長の座を譲り渡すというのはどうだろう？」

「なるほど。それなら私は勝っても負けても部員になり、勝てば部長になれると……それのどこに私が喜ぶ要素があるの？」

「な、なら、俺が負けたら、潔く……服を脱ごう！」

「それはちょっと面白《おもしろ》そうだけど、賭けの条件としては弱いわね」

「だったら……君が勝ったら、なんでも言う事を聞こう。それでどうだ？」

剛が苦し紛れの条件を提示したところ、夕陽はピクッと反応し、右手の中指で眼鏡のブリッジをクイッと押さえ、呟《つぶや》いた。

「なんでも？　本当になんでも言う事を聞くの？」

「あ、ああ。俺にできる範囲なら……誰《だれ》かを始末しろとか、銀行を襲えとかはなしで頼むよ」

すると夕陽は、愉快そうにニヤリと笑った。

「いいわね、それ。高岩君を言いなりに……あんな事やこんな事でもしてくれるわけね？　ふふふ……」

「こ、怖いな。それじゃ、勝負してくれるのか？」

「いいわ、やりましょう。ただし、勝負の方法はこちらで指定させてもらうわ」

「えっ？」


そして、放課後。場所を部室に移して、剛は夕陽と対峙《たいじ》した。ちなみに風《ふう》はまだ来ていない。

夕陽は自分の通学用バッグを探り、持参した物を取り出してみせた。

箱型のパッケージにお化けのイラストが描いてあるのを見て、剛はハッとした。

「それは『ガイスター』か？」

「さすがによく知っているわね。高岩君がカードゲームに強いのは分かっているけど、これはどうかしら？　あなたを倒すために用意してきたのよ」

『ガイスター』はボードゲームである。プレイヤーはそれぞれお化けの駒を持ち、自陣に並べて敵陣へ向けて進める。お化けにはよいお化けと悪いお化けがあり、その区別は裏側からしか確認できないため、相手からは見えない。

プレイヤーは相手に悪いお化けを取らせ、よいお化けを敵陣に送り込むのを狙《ねら》っていく。相手が動かしているのがよいお化けなのか悪いお化けなのかを見極めるのが難しいゲームである。

夕陽が用意したゲームを見て、剛は嫌な汗をかいた。『ガイスター』は知っているが、剛はこのゲームを所持しておらず、あまりなじみがないのだ。

トランプや各種カードゲームなら勝つ自信があった剛だが、これは厳しい勝負になるかもしれない。『ガイスター』は単純なようで意外と難しいゲームなのだ。

「先に三勝した方が勝ちという事にしましょうか。私が勝ったら……高岩君がよく話している『先輩』さんを紹介してもらおうかな？」

「えっ？　なんで先輩を……そんな事なら、別に勝負なんかしなくても紹介ぐらいするよ」

「いいの？　すっごくかわいくて大好きだっていう先輩さんを紹介してもらっても」

「そ、そんな事は言ってないだろ！　先輩におかしな事を言わないでくれよ！」

「あなたが勝てばね。負けたら、先輩さんにたっぷり話してあげるわ。あなたがいかに先輩さんの事をうれしそうに語っているのかを」

クスクスと愉快そうに笑う夕陽に、剛は赤面してしまった。

これは、絶対に負けられなくなった。部員を獲得したいのはもちろんだが、風に妙な事を吹き込まれてはたまったものではない。

「勝負よ、高岩君。今日こそは勝たせてもらうわ」

「いや、悪いけどそうはいかないな。絶対に俺が勝つ！」

ゲーム盤を挟み、二人の真剣勝負が始まったのだった。


「これは、よいお化けだな」

「なっ……ど、どうして分かったの……？」

夕陽の「よいお化け」の駒を全《すべ》て取ってしまい、剛の勝利が確定した。

これで三戦目、三連勝だ。剛の圧勝に終わり、夕陽は悔しそうにしていた。

「ま、まさか、ボードゲームでもここまで強いなんて……まさに『ゲームの達人《マスター・オブ・ザ・ゲーム》』ね……！」

「一応、ボドゲ部の部長だからね。部員候補に負けるわけにはいかないさ」

剛の方の「よいお化け」の駒も毎回結構取られていて、実は割とギリギリの勝利だったりしたのだが、勝ちは勝ちだ。

ポーカーフェイス＆落ち着いた口調を維持し、剛は余裕があるような態度を取ってみせた。

「それじゃ、朝霧さん。約束通りに……」

「分かったわ。脱げばいいのね」

「いや、違うから！　そんな話じゃなかったよね⁉」

「冗談なのに、どうしてそんなに慌てるの？　ふふ、変なの」

「そ、そうだよね、冗談だよね……マジで脱ごうとする人がいるせいで、感覚が麻痺してるのかな……」

剛が入部届の用紙を手渡すと、夕陽は手早く氏名などの必要事項を記入してくれた。用紙をチェックし、剛は笑みを浮かべた。

「や、やった……ついに新入部員を……部員第一号を手に入れたぞ……！」

「えっ？　第一号って……例の先輩さんは部員じゃないの？」

「あ、ああ、それは……」

風が部員ではない事を説明すると、夕陽は少しばかり驚いた様子だった。

「呆《あき》れた……今までずっと、部員でもなんでもない人と部活をやっていたわけ？　さっさと入部してもらえばいいのに」

「それを言われると耳が痛いけど……先輩については近いうちになんとかするよ」

「……でも、私が最初の部員か。それはそれで悪い気はしないわね」

「そ、そう？　ともかくよろしく頼むよ」

夕陽がニコッと微笑み、剛は照れてしまった。

まずは一人、確保できた。この調子で行けばなんとかなるかもしれない。

「朝霧さんと仲がいい堀川《ほりかわ》さんはどうかな？　部活に入ってくれそうかな」

「恵美《えみ》は難しいんじゃないかしら。あの子、部活をやってるはずだから」

「そうか……さすがに部活をやっている人は誘いにくいな」

するとそこでスライドドアが開き、風が入ってきた。

「うーっす、お疲れ。おっ、なんだ、もしかして入部希望者を捕まえてきたのか？」

「あっ、はい。とりあえず、朝霧さんに入部してもらいました。記念すべき部員第一号です！」

「マジか！　やったな、高岩！　これで廃部は回避できそうじゃ……部員第一号？」

「ええ。俺を除けば、初めての正式な部員ですから。なにか変ですか？」

「い、いや、変じゃないけど……誰か忘れてないかなー、と思ってさ」

「？」

意味が分からず、剛は首をかしげた。風がムッとしたのを見て、夕陽がクスッと笑う。

「こんにちは。あなたが高岩君の先輩さんですね？　私は彼と同じクラスの朝霧夕陽です。よろしくお願いします」

「あ、ああ、うん。私は二年の峰内《みねうち》風だ。こちらこそよろしくな」

二人は笑顔で挨拶《あいさつ》を交わした。一瞬、空気がピリッとしたような気がしたが、気のせいだろうか。

「……」

「ん？　な、なにかな？」

「いえ、高岩君の先輩さんという方を、一度じっくり見てみたくて。……なるほど」

「な、なにがなるほどなのかな？」

「気にしないでください。高岩君が大好きだという先輩さんがどんな人なのか興味があっただけなので」

「んなっ⁉　こ、この馬鹿《ばか》、そんな事を言ってんのか⁉」

風が目を丸くして驚き、頬《ほお》を染める。

剛は顔色を変え、慌てて夕陽に詰め寄った。

「朝霧さん！　妙な事を言わないでくれないか！　大体、君にそんな話をした覚えは……」

「あら、気付いてないの？　高岩君、ゲーム中によく、先輩さんの事を話してるわよ」

「えっ？　そ、そうだっけ？」

「そうよ。『先輩だったらもっといい手で勝ってるな』とか『先輩が相手だったらこんな手は通じなかったな』とか……」

言われてみると、無意識のうちにそういう事を話していたような気もする。

「私がどんな人なの、って訊いたら、めちゃくちゃゲームが強くて、気が強くて、度胸が据わってて……すごくかわいくてきれいな人だって……」

「ス、ストーップ！　朝霧さん、ちょっと黙ろうか？　なんだか台詞《せりふ》を捏造《ねつぞう》されてる気がするし！」

剛は冷や汗をかき、夕陽の言葉を遮《さえぎ》った。チラッと風の様子を見てみると、風は頬を染めて目を泳がせ、困ったような顔をしている。

「せ、先輩、違いますからね？　俺はそこまで言ってませんから！　勘違いしないでください」

「あ、あー、うん、分かった。ま、まあ、冗談で言ってるんだろ？　気にしてないから」

風は一応、納得してくれたようで、剛は胸を撫《な》で下ろした。

すると夕陽が身を寄せてきて、風に聞こえないよう、小声でボソボソと囁《ささや》いてくる。

「先輩さんが見られてよかったわ。なるほど、確かにかわいい人ね。高岩君が夢中になるのも無理ないかも」

「そ、そんなんじゃないから！　やめてくれよ！」

普段は冷静な剛が動揺しまくっているのを見て、夕陽はクスクスと笑った。

風をジッと見つめ、静かに呟く。

「改めてよろしくお願いします。高岩君が大好きな先輩さん」

「い、いや、高岩のヤツはよく誤解されるような事を言うんだよ。真に受けない方がいいと思うな」

「そうなんですか？　でも、本当に大好きなのはどっちなんでしょうね？」

「ど、どういう意味かな……？」

目を泳がせ、冷や汗をかきまくる風を見つめ、夕陽はクスッと笑った。

なんだか妙な雰囲気だが……ともかく、部員が確保できたのだ。これは大きな一歩だと思い、剛は拳《こぶし》をグッと握り締めた。

「よーし、あと、たったの一人だ！　なんとかなりそうな気がしてきたぞ！」

「今まで一人も確保できなかったのに、すごい自信ね」

「無駄に前向きなのが高岩の取り柄だからな。生温かい目で見てあげてくれ」

気合を入れ直した剛に対し、夕陽と風が、やる気を削ぐような事を呟く。

……女子って妙にドライなところがあるよな、と思わずにはいられない剛であった。

18

副会長の攻略法

朝の登校時間。

バスを降りた剛《つよし》が学校に向かって歩いていると、後ろから駆け寄ってきた人物が声を掛けてきた。

「おっす、先輩。高岩《たかいわ》！　おはよう！」

「あっ、先輩。おはようございます」

それは長い髪をなびかせた小さな先輩、峰内風《みねうちふう》だった。

特に待ち合わせをしているわけではないが、バス停から学校まで歩いていく途中で、剛は風と一緒になる事が多かった。

風が隣に並び、剛を見上げて話し掛けてくる。

「なあなあ、大人っぽい先輩と一緒に登校できてうれしいか？　うれしいだろ？」

「そうですね。大人っぽいかどうかは疑問ですが、先輩と登校するのはうれしいかもしれません」

「いや、そこは普通に肯定してくれてもよくないか？」

「ですが、誤った情報は正しておくべきですし。俺《おれ》が否定しなかったせいで『自分は大人っぽいんだ』と先輩が勘違いしたらマズイんじゃないかと」

「そこまで言う？　もっと私に優しくしろよ！　あんまり厳しくすると泣くぞ！」

「優しく……では、学校まで抱っこして運びましょうか」

「それは優しさと違うだろ！　さらし者にする気かよ！」

いつものごとく、風と会話を交わしながら学校までの道のりを歩いていく。

途中でふと、剛は呟《つぶや》いた。

「部員の件なんですが。先輩も数に入れるとすると、あと一人、入部してもらえればいいんですよね。堀川《ほりかわ》さんや大橋《おおはし》さんは駄目で、鈴木には断られたし……こうなったら、あの人に頼んでみるというのもありかもしれませんね」

「あの人って……お前まさか、生徒会の副会長を勧誘するつもりか？」

「えっ？　ど、どうして分かったんですか？」

「やっぱり。お前の考えなんかお見通しなんだよ！　たまにとんでもない事を言い出すしな」

風からジロッとにらまれ、剛は冷や汗をかいた。

「先輩は反対なんですか？」

「あんなすぐ脱ごうとするヤツなんかが入ったらボドゲ部の風紀が乱れるだろ！　そもそもあいつは敵側の人間なんだぞ？」

「脱いじゃうのは注意してあげればよくないですか？　それに敵側の人間だからこそ、味方に引き入れれば頼りになるんじゃないかと思うんですが」

「お前はほんと、副会長に甘いよな。裸族同士で通じ合うところでもあるのか？」

「いや、俺は裸族なんかじゃないですよ！」


学校にたどり着くと、校門を抜けた先の通路に複数の生徒が並んでいて、登校中の生徒をチェックしていた。

「なんでしょう。服装検査ですかね？」

「みたいだな。風紀委員と、生徒会の連中が合同でやってるようだ。ほら、例の副会長もいるぞ」

見るとなるほど、生徒会副会長の佐々木静香《ささきしずか》がいた。

静香は竹刀を手にして、眼光鋭く、登校中の生徒達をにらみ付けていた。生徒達は彼女と目を合わせないようにして、足早に通り過ぎていく。

一人の男子生徒に目を留め、静香は声を掛けた。

「そこの貴様、待て。確か、ソシャゲ部とやらの代表だったな？　部員は集まったのか？」

「い、いやあ、それがなかなか……」

「一人でスマホのゲームをやっているだけで、なにが部活だ！　今週中に部員が集まらなかったら廃部にするからな！」

「ひっ……！」

静香から竹刀の先端を突き付けられ、男子生徒は震え上がっていた。

大慌てで逃げていく男子生徒を見送り、静香はため息をついた。

「まったく、いい加減なヤツが多くて参るな……そうは思わないか、ボドゲ部部長、高岩剛……！」

いきなり鋭い眼差《まなざ》しを向けられ、剛はギョッとした。剛達の存在に気付いていない様子だったが、ちゃんと見ていたらしい。

「おはようございます、副会長さん。実はご相談したい事があるんですが」

「なんだ改まって……むっ、さては貴様、私に着てほしい衣装をリクエストするつもりだな！」

「ち、違いますよ！　そうじゃなくて……」

「よせ、なにも言うな。ここでは人目がある。誰《だれ》もいないところで相談しよう」

おかしな事を口走る静香に、剛は頭が痛くなった。相変わらずマイペースというか、思い込みが激しいようだ。

生徒会のメンバーや風紀委員達は、目を丸くしていた。やたらと恐れられている副会長の静香が、剛と親しそうに話しているのが不思議でたまらない様子だ。

風はムッとして、不愉快そうに呟いた。

「朝っぱらからなにを言ってるんだこのアホは……こんなのを入部させるのは反対だな」

「むっ、いたのか、峰内。小さすぎて視界に入らなかったぞ」

「ああ？　お前の視野が狭すぎるだけだろ」

「すまん。実は最近、胸が大きくなってしまってな。胸のふくらみが邪魔で、胸より低い位置にいる人間が見えないのだ。本当にすまないと思っている」

すまんと言いながら、胸を張って得意そうにしている静香に、風はギリギリと歯噛《はが》みした。

「あの目障りな脂肪の塊を引きちぎって豚の餌にしてやろうか……」という呟きが聞こえてきて、剛は冷や汗をかいた。

そこで静香は、剛に目を向けた。

「入部がどうとか言っていたようだが、まさか、私を部員にするつもりなのか？」

「あっ、はい。お願いできませんか？」

「私は同好会を取り締まる側の人間なんだぞ。入部などすると本気で思っているのか？」

「副会長さんは意外と話の分かる人だと思うので、真剣に頼めばいけるんじゃないかと。どうでしょう？」

「う、うむむ……そういう風に言われると、無碍《むげ》には断れないな……」

話が分かる人、などと言ったからか、静香は明らかに態度が柔らかくなっていた。

剛が静香との接し方をマスターしてきているように思えて、風はムッとした。

「コイツ、実は意外と女の扱いが上手《うま》いんじゃ……恐ろしいヤツ……」

「先輩、どうかしました？」

「別にぃ？　好きにすれば？　私の知ったこっちゃないしー」

「は、はあ」

不機嫌そうな風の様子に首をかしげつつ、剛は静香に告げた。

「入部を賭《か》けて勝負するというのはどうでしょう？　それなら問題ないですよね」

「むっ、勝負だと？　面白《おもしろ》い、この私に勝てるとでも思っているのか？」

勝負を持ち掛けてきた剛に対し、不敵な笑みで応《こた》える静香。

……いやお前、高岩に勝った事ないだろ？　なんでそんなに強気なんだよ……と、内心密かにツッコミを入れた風だったが、声には出さなかった。

入部を賭けて勝負すれば間違いなく剛が勝つはずなので、これで部員数の問題はクリアした事になる。

風としては静香が入部するのには反対だが、廃部を回避するためにはこの際仕方ないか。


話がまとまりかけた、その時。

一人の女子生徒が、姿を現した。

「……なんの話をしているのかな？　私にも聞かせてもらえる？」

「!?」

真紅の長い髪をなびかせ、ニコニコと微笑みながら現れたのは、生徒会長、宮本美礼《みやもとみれい》だった。

生徒会長の登場に周囲の生徒達はざわめき、副会長の静香は表情が強張《こわば》っていた。

「入部を賭けて勝負するって聞こえたような気がするんだけど。副会長は同好会に入部するの？」

「い、いえ、その……それは負けた場合でして、私は負けないので入部する事はありません」

「それならいいんだけど……特定の同好会に肩入れしたりしてはダメよ。公平に接するようにね」

「は、はい。もちろんです！」

ビシッと気を付けをして返事をした静香に、美礼は笑顔でうなずいた。

美礼は剛に目を向け、声を掛けた。

「部員の勧誘、がんばってね。でも、不正な行為はダメですよ？」

「は、はい。気を付けます」

やや緊張しながら剛は答えた。

美礼は笑顔を浮かべたまま去ろうとして……チラリと、風に目を向けた。

「……」

「？」

目を合わせたまま、なにも言ってこない生徒会長に、風は首をかしげた。

美礼は風から視線を外すと、真紅の髪をなびかせ、足早に去っていった。

「先輩？　どうかしました？」

「いや、別に。なにか言いたそうに見えたけど、気のせいだったみたいだな」

「まさか、生徒会長まで先輩を狙《ねら》ってるんじゃ……ダメですよ、必要以上にかわいらしさを振りまいては！　目立たないようにしてください！」

「お前がなにを言ってんのかサッパリだけど気を付けるよ」

生徒会長が現れた時はどうなる事かと思ったが、軽く注意を受けただけで済んだので、剛はホッとした。

改めて、静香に勝負を申し込む。

「では、入部を賭けて勝負という事でいいですか？」

「ふん、よかろう。私が負ける事などないのだからな！　勝負ぐらいいくらでも受けてやるぞ！」

相変わらず無駄に強気な静香に剛は苦笑した。

何度勝負をしても負けを認めずに逃げてしまうのだから、彼女はある意味、無敵の存在だと言える。

だが、そうはさせない。静香を倒す方法を、既に剛は考えていた。


時はすぎ、昼休み。

剛と颪が部室で待っていると、やがて静香がやって来た。

「待たせたな、さあ、勝負だ！　部の存続を賭けて、決死の覚悟で挑んでくるがいい！」

「「……」」

全身を鉛色の甲冑で覆《おお》い隠した姿で現れた静香に、剛達は絶句した。

なにか着込んでくるだろうとは予想していたが、まさか全身鎧《よろい》を装備してくるとは思わなかった。今からドラゴン討伐にでも向かうような出《い》で立ちだ。

「あのう、その鎧は一体……」

「演劇部から借りてきた。見た目は重そうだが、プラスチックとゴム素材で構成されていて、意外と軽いのだ！　お前が勝てば、各部のパーツを少しずつ外していこう！」

「いいでしょう。今日こそは決着をつけさせてもらいますよ」

もう一々ツッコミを入れるのも面倒なので、静香の脱衣ルール宣言についてはスルーしておく。脱ぎたければ脱げばいい。今回は、徹底的にやるつもりだ。

「ゲームは、『ウボンゴ』でどうですか？」

「なんだそれは？　私でもできるゲームなのか？」

『ウボンゴ』はパズル系のゲームである。いくつものピースがあり、出題される「問題」で指定されたピースを使い、それらを組み合わせてパズルを完成させなければならない。一番早く完成させ、「ウボンゴ」を宣言した者が勝者となる。

剛がルールを説明すると、静香は難しい顔をしてうなっていた。

「割と簡単そうだが、私はやった事がないしな……勝てるだろうか」

「すぐに慣れますよ。勝負なので、勝ちは譲りませんけど」

「ふん、いいだろう。本気でかかってこい、高岩！　私の勝負強さを今こそ見せてくれるわ！」

不敵な笑みを浮かべ、あくまでも強者のように振る舞う静香を見据え、剛は気持ちを引き締めた。

本気と本気がぶつかり合う。二人の勝負の行方《ゆくえ》は――。


「ウボンゴ！」

「くうう、またか！　もうちょっとで私も完成したのに！」

剛が勝ち、静香が悔しそうに叫ぶ。

既に剛は七連勝していて、負けるたびに静香は鎧のパーツを外していき、もはや胴体部分のみを身に着けた姿となっていた。

胸部と腰部分を失えば、鎧は完全に脱げてしまう。静香の手足は素肌が剝《む》き出しで、鎧の下に制服やジャージなどを着ていない事が分かった。

風が静香をジロッとにらみ、問い掛ける。

「お前まさか、鎧の下には下着しか着ていないんじゃないだろうな？」

「ふっ、安心しろ。この下には水着を着ているぞ！　ビキニのな！」

「ビ、ビキニ？　なんでだ？」

「それはほら、『ビキニアーマー』というだろう？　鎧の下にビキニを着るものだと思ったのだが……違うのか？」

「ビキニアーマーはそういうんじゃないぞ！　それこそネットで調べてこいよな」

今まではこのあたりで邪魔が入ったり、静香が逃げたりして決着がつかなかった。

だが、今回はそうはいかない。剛は凪に目を向け、小さくうなずいて合図を送った。

「しゃーないな。私も廃部は避けたいし……」

不満そうにしながら、凪は隠し持っていた物を取り出し、それを静香の左手首にガチャリと取り付けた。

金属製の手錠をはめられ、静香は目を丸くした。

「お、おい、なんの真似《まね》だ？」

「お前を逃がさないための処置だよ。鎖で繋《つな》がってるもう一方の手錠を、高岩の左手に付ける。チェーンデスマッチってわけだ」

「なっ……チェーンデスマッチだと？　聞いてないぞ！」

静香は慌てて手錠を外そうとしたが、素手で外せるような代物ではなかった。

ちなみに手錠は剛に頼まれた凪がどこからか調達してきたもので、金属製の本格的なものだ。

鍵《かぎ》でロックを外さなければまず外せない。

「では副会長さん、勝負を続けましょうか。負けを認めたら部員になるという約束ですよね」

「くっ、どうしても私を脱がすつもりか？　貴様がそこまで私の裸体を拝みたいというのなら、受けて立とう！　ここから逆転して貴様を丸裸にしてくれるわ！」

「だから脱ぐ必要は……もういいです、好きにしてください」

静香が不敵に笑い、逆転を宣言する。まさか、ここから巻き返す自信があるというのか。

油断していると自分が脱ぐはめになるのかもしれないと思い、剛は改めて気持ちを引き締めた。


「ウボンゴ！」

「ぐはあ！　ま、また負けた……！」

巻き返しも逆転も起こらず、普通に剛が二連勝し、静香の負けが確定した。

悔しそうにしながら静香は鎧の胴体部分を脱いでしまい、黒いビキニのみを身に着けた姿となった。

発達しまくった見事なプロポーションをしていて、白い素肌がまぶしい。特大のメロンみたいな胸のふくらみを目にして、風はなぜか自分の胸を押さえ、悔しそうにギリギリと歯噛みしていた。

剛は静香の水着姿をなるべく見ないようにしながら、冷静な口調で告げた。

「俺の勝ちですね、副会長さん」

「い、いや、貴様はまだ九勝しかしていないだろう。先に一〇勝した方が勝ちというルールだったはずだぞ！　私にはまだ、一敗分の余裕が……」

「その水着も脱いじゃうのか？　言っとくけど高岩は本気でお前を脱がすつもりだぞ。ここでやめとけ」

「う、ううっ……無念だ……！」

さすがにこれ以上脱ぐのは恥ずかしいのか、静香はガックリとうなだれ、降参の意思を示した。

「お、おい、もういいだろう。手錠を外せ」

「その前に、入部届にサインをお願いします」

「くっ、仕方ないな……生徒会のみんなになんと言えば……会長に怒られる……」

静香が入部届に必要事項を記入したのを確認し、剛は笑みを浮かべた。

手錠を外してやると、静香はジャージに着替えた。一応、着替えを用意してきたらしい。

「これで同好会を存続させる最低条件の部員四人がそろったわけですし、廃部はなしですよね……！」

「う、うむ。まあ、そういう事になるかな……」

静香がうなずき、剛と風は顔を見合わせ、笑みを浮かべた。

これで廃部の危機は去り、問題解決、ハッピーエンド。めでたしめでたし。

剛と風がハイタッチをしようとした、その時。それを遮《さえぎ》るようにして、部室のスライドドアがガラッと開いた。

「こんにちは。勝負の方はどうなったのかな？」

訪ねてきたのは、生徒会長の宮本美礼だった。

静香は真っ青《まさお》になり、顔を微妙にそむけながら、美礼に告げた。

「じ、実はその、非常に言いにくいのですが……負けてしまいまして……」

「ふーん、そう。ま、予想通りだけどね」

特に驚いた様子もなくうんうんとうなずいた美礼に、静香は目を丸くした。

「か、会長？　私が負けると予想されていたのですか？」

「ええ。だって、あの峰内さんがいるんだもの。いくら副会長でも勝ち目はないでしょう」

「峰内がいるからですか？　それって、どういう……」

意味が分からないといった様子の静香に苦笑し、美礼は風に目を向けた。

「あなたにゲームで勝てる人なんて、そうそういないでしょう？　五年ほど前にカードゲームの世界大会で世界第三位になった、峰内風さん」

「なっ……なんだと？」

意味ありげな笑みを向けてきた生徒会長に、風はギョッとしたのだった。

「私の事、覚えている？」

「えっ？　そりゃ、生徒会長の顔ぐらい知ってるけど……」

「そうじゃなくて。もっと昔に出会っているでしょう？」

「えっ、どこで？　私と会長は同じ中学出身じゃないよな？　あっ、もしかして……小さい頃、近所に住んでたとか？」

「ち・が・う・わ・よ。……ふふ、そっか、覚えてないんだ？　うふふふ……」

顔に暗い影を落とし、含み笑いを漏《も》らす生徒会長、宮本美礼《みやもとみれい》に、その場にいる全員が息を呑《の》んだ。

美礼は笑顔のまま、皆に告げた。

「副会長がどんな約束をしたのか知らないけど、彼女の入部は認めません。生徒会長権限でね」

「ええっ、そんな……！」

「しかし、特例を認めてあげてもいいですよ。私が提示する条件をクリアできれば」

「条件ですか？　それって、どんな……」

おそるおそる尋ねた剛《つよし》に、美礼は笑顔で答えた。

「この私と、対戦型カードゲームで勝負してください。私に勝つ事ができれば、副会長の入部を認めましょう」

「生徒会長と……カードゲームで勝負……？」

妙な条件を出され、剛は困惑した。生徒会長がゲーム勝負などを提案してもいいのだろうか？

だが、これはチャンスだ。ゲーム勝負でボドゲ部の存続問題が解決できるというのなら、受けるしかあるまい。

「受けてくれるかしら、峰内《みねうち》さん」

「えっ？　わ、私？」

「あなた以外に誰《だれ》がいるというの？　私に勝つ可能性があるのはあなただけでしょう」

対戦相手に指名され、風《ふう》は戸惑っていた。

部長なのに完全に存在を無視されてしまい、剛としては不愉快だったが……しかし、考えようによっては好都合でもある。

風の強さは誰よりも剛が理解している。彼女にゲームで、それも対戦型トレーディングカードゲームで勝てる人間など、そうはいないだろう。

すると風はポリポリと頬《ほお》をかき、弱り切った顔で呟《つぶや》いた。

「いや、私はやめとくよ。ここは部長の高岩《たかいわ》が出るべきだろ」

「なっ……私との勝負から逃げるつもり？」

「逃げるとかじゃなくてさ。部の存続を賭《か》けた勝負なら、部長の高岩が受けるべきだと思っただけ。そうだろ、高岩？」

「そ、そうですね……確かに、俺《おれ》が受けるべき勝負なのかも……」

「呆《あき》れた。ようやくあなたにリベンジできると思ったのに、一年生に押し付けるなんて……ガッカリだわ」

「……あんたがなにを言ってるのか分からないけど、あんまり高岩をナメない方がいいぞ？コイツは、私以外の人間に負けた事がないんだからな！」

「ふーん……ただの雑魚ではないというわけね……」

剛を見つめ、美礼がニヤリと笑う。

随分と自信があるようだが、そもそも生徒会長はゲームなどできるのだろうか？　副会長の静香と同レベルなら楽勝なのだが。

「貴様ら、うちの会長を甘く見るなよ！　眉目秀麗、文武両道、あらゆるものをそつなくこなす、完璧《かんぺき》超人なのだからな！」

静香《しずか》が叫び、まるで自分の事のように、美礼がいかに優秀なのかを語り出す。

「いつもニコニコ笑っているが、会長は私などよりもはるかに厳しく、冷酷な人間なのだ！　弱者に対する情けなど微塵《みじん》もないぞ！」

「ふ、副会長？　ほめてないよねそれ……」

「会長は、昔からなにをやっても一番だった！　当然のように、ゲームも強かった！　男子どもはみんな負かされて泣きべそをかいていたものだ！」

「副会長、もうそれぐらいで……」

「小学生の時、カードゲームの大会に出て、余裕で勝ちまくっていた！　まあ、惜しくも地方大会の決勝で敗れてしまったが……しかし、あれは相手が悪かった！　悪魔のごとき強さを備えた幼女だったのだ！　たぶん低学年生だったと思うが、あれは化け物だ！　あんなのに勝てるわけがない！」

　すると美礼は俯《うつむ》き、低い声でボソボソと呟いた。

「……幼女でも低学年生でもないよ……それに、勝てない相手じゃなかった……」

「そ、そうですよね。もう一度勝負すれば、会長が勝つはずです！　どこにいるのでしょうね、あの悪魔のような幼女は！」

「ふふふ……すっごく近くにいると思うなあ……」

「？」

　静香は分からないでいる様子だが、剛は気付いてしまった。美礼が誰の事を言っているのかを。

　つまり、そういう事なのか。それでボドゲ部をマークしていて、最終的には直接勝負を挑んできたわけか。

ゴクリと喉《のど》を鳴らし、剛はおそるおそる美礼に声を掛けた。

「あの……それでその、俺が相手という事でいいのでしょうか？」

「……ええ、いいでしょう。峰内さんが任せるというのなら仕方ないわ。それでは今日の放課後、改めてここで勝負しましょうか」

「放課後ですね。分かりました」

うなずく剛を一瞥し、美礼は去っていった。慌てて静香も出ていく。

張りつめていた空気が緩み、剛は大きく息を吐いた。

「生徒会長があんなに怖い人だったとは……人は見かけによらないものですね」

「まったくだよな。でも、なんで私に対して敵意剝《む》き出しだったんだろ？　挨拶《あいさつ》すらした事ないのにさ」

「それは……どうしてでしょうね」

どうやら風には思い当たる節がないらしい。とぼけているというわけでもなさそうなので、剛は首をひねった。

もしかすると、どちらかが思い違いをしているのかもしれない。あとでよく話し合ってみた方がよさそうだ。

ともあれ、ボドゲ部の存続を賭けて生徒会長とゲーム勝負をする事になってしまった。

生徒会長の言動から考えてみても、彼女は最初から勝負を挑んでくるつもりだったように思う。それも風を対戦相手に想定して。

風に勝つつもりで挑んできた相手に対し、勝てるのだろうか。

生徒会長の強さがどの程度のものなのか予想が付かず、剛は漠然とした不安を覚えたのだった。


時はすぎ、放課後。

再び部室に集まり、剛と生徒会長の宮本美礼との対決が始まろうとしていた。

剛と風、美礼と静香に加えて、部員になった朝霧夕陽《あさぎりゆうひ》と、なぜか鈴木に、春日由衣《かすがゆい》まで来ていた。

「先輩、なぜ鈴木と春日先輩を呼んだんですか？」

「……あの二人は保険だよ」

「保険？」

「副会長を入部させられなかったら、その場で廃部を言い渡される可能性があるんじゃないかと思ってな。そうなる前に、二人のうちどちらか、もしくは両方を入部させちまおう。断られそうな時は、私が当て身でもくらわせて気絶させてやるから任せとけ」

「む、むちゃくちゃですね先輩……」

「お前が勝てばいいんだよ」と言われ、剛はうなずくしかなかった。

風の企《たくら》みなど知らずに、鈴木と由衣はのんきに笑って観戦していた。

「やっちまえ、高岩！　リア充の代表みたいな生徒会なんざぶっ潰《つぶ》せ！　俺が許可する！」

「高岩君、がんばって！　君が負けたら、なにかよくない事が起こりそうな気がするし！」


美礼は持参した通学用バッグを開けると、複数の箱と包みを取り出して、長机の上に並べた。

それは、とあるメジャーな対戦型トレーディングカードゲームだった。風が小学生の時、世界ランク三位まで昇りつめたゲームだ。

「カードはこちらで用意したわ。最新のシリーズの、スターターデッキとブースターパック。すべて未開封の新品よ。『聖域の天空竜』と『暴虐の暗黒竜』の二種類あるから好きな方を選んで」

「……では『暴虐の暗黒竜』で」

「それじゃ私は、『聖域の天空竜』ね。デッキを組んでから勝負しましょう」

コクンとうなずき、剛は『暴虐の暗黒竜』のカードセットを受け取った。

スターターデッキとブースターパックのカードをチェックして、剛はうなった。

この最新のシリーズは持っていないし、見るのも初めてだ。基本ルールは以前のものと同じはずだが、見慣れない効果を持つカードがいくつかある。

スターターデッキにはウルトラレアの強力なモンスターカードが一枚入っていて、初心者でも楽しめるようになっているようだった。おそらく、美礼のスターターデッキにも同等のレアカードが入っているのだろう。

剛がよさそうなカードを選んでデッキを構築していると、風が身を寄せてきて、剛の肩越しにカードを見ながら呟いた。

「高岩。これはお前の勝負だから、私は口出ししない。がんばれ」

「は、はい……！」

「ただ、ちょっとだけアドバイスさせてくれ。それとそれ、あと、そのカードはデッキに入れとけ」

「えっ、これを？　……わ、分かりました」

風の指示に従い、剛はデッキを組み直した。

正直言って、風が選んだカードはそれほど強力なものではなく、戦力になるとは思えなかったが……ここは元世界ランカーの言葉を信じてみる事にする。


やがて美礼の方もデッキの構築が終わり、二人の対戦準備が整った。

副会長の静香が不敵な笑みを浮かべ、剛を挑発するように言う。

「ふふふ、会長の強さに驚くなよ、高岩！　美礼ちゃんは炎と氷のプレイヤー！　相反する2パターンの攻撃方法で攻めるのを得意とするのだ！」

「……美礼ちゃんはやめて、静香ちゃん。あと、私のプレイングスタイルをバラさないでほしいんだけど」

「ああっ、すみません、会長！　まずかったですか？」

「別にいいわ。知られたところで不利になるわけでもないし」

美礼と静香は同級生で、小学校時代からの友人らしい。静香が美礼に敬語を使っているのは、生徒会における立場の違いを周囲に示すためか。

余裕の笑みを浮かべた美礼を見つめ、剛は冷や汗をかいた。

どのようなゲームでもそうだが、プレイヤーには個性というものがある。対戦型トレーディングカードゲームでは、それがデッキの構成や、勝ちパターンなどに反映される。

剛は基本的にバランス型のデッキを組むタイプで、攻守ともに隙がないが、派手なコンボなどは不得意としている。

はたして、初めて手にしたシリーズのデッキで勝てるのか。

用意されていたのは新品のカードではあるが、相手はあらかじめこのシリーズをやり込んでいる可能性もある。剛が二種類のうちどちらを選んだとしても勝つ自信があるのではないか。

ギャラリーの五人は、それぞれが応援する方の背後に並んで勝負の様子を観戦した。

張りつめた空気が漂う中、夕陽が風に小声で尋ねてくる。

「あの、高岩君は勝てるんでしょうか？　生徒会長はなんでもこなす、すごい人だって聞いてるんですけど。ゲームも強いんじゃないんですか？」

「そうらしいな。自分から勝負を持ち掛けてきたし、かなり自信があるんだろ。噂《うわさ》通りの完璧超人なら、手強《てごわ》い相手かもな」

「大丈夫なんですか？　もっと具体的なアドバイスをしてあげた方が……」

「いや、他人があまり色々言うとかえってよくない。結局、ゲームっていうのは本人の個性や判断力が重要になってくるからな。それに……」

「それに、なんですか？」

「生徒会長は強いのかもしれないが……高岩の強さも相当なもんだぞ。あいつと対戦した事がある朝霧さんなら分かるんじゃないか？」

「……確かに」

納得したようにうなずいた夕陽に、風は笑みを浮かべ、剛の背中を見つめた。

（がんばれ、高岩。私以外の相手に負けるんじゃないぞ……！）

コイントスの結果、先攻は美礼になった。剛は手札をチェックしつつ、彼女の出方をうかがった。

「では、私のターンから。『聖なる竜騎士』と『竜の巫女』を召喚、カードを一枚伏せて、

「ターンエンド……！」

先攻の美礼は攻撃を行わず、カードをセットしただけで終わった。次のターンで仕掛けるのか、あるいはカウンター狙《ねら》いか。

剛は手堅く戦闘要員のモンスターカードを出そうとして……手札に風が入れるように言ったカードがあるのに気付き、ハッとした。

……もしかして、これは……あの戦法を使うためのものなのか？

後ろを振り返ってみると、風がニコッと笑い、ウインクしながらサムズアップしていた。

やはり、そういう事なのか。さすがというかなんというか、やってくれるものだ。

剛は苦笑し、深呼吸をしてから、カードを手に取った。

自分にやれるかどうか分からないが、挑戦してみる事にする。

「俺のターン、ドロー！　『暗黒竜騎兵』を召喚。魔法カード『同格の援軍』を発動！　『暗黒竜騎兵』と同じレベル１のモンスター二体を特殊召喚。召喚した『暗黒竜の邪神官』の効果発動！　特殊召喚された場合に限り、フィールド上のモンスターレベルをすべてレベル３に引き上げる！　竜属性レベル３以上のモンスター三体を生贄《いけにえ》に、『暗黒竜ウルトラダークネスドラゴン』を特殊召喚！」

「なっ……いきなり最強レベルのカードを⁉　まさか、これって……」

美礼が顔色を変え、剛は薄く笑みを浮かべた。

「ウルトラダークネスドラゴンの特殊効果発動！　敵フィールドにあるカードの枚数分だけ、攻撃力を一〇〇〇ポイントずつアップする事ができる。一〇〇〇×3で三〇〇〇プラス、攻撃力八五〇〇！　攻撃回数は敵モンスターカードの数に比例するので、二回攻撃が可能！　ダークネスフレア×2！」

「ト、トラップカードオープン！『カウンターバリア』！　敵の攻撃を跳ね返す！」

「ウルトラダークネスドラゴンの効果発動！　カウンターマジックによる反撃を一回だけ跳ね返す事ができる！　カウンターバリアを破壊！」

「そ、そんな……！」

「反撃を受けた事により、特殊効果発動！　攻撃回数をプラス二回増やし、敵モンスターに連続攻撃！　ダークネスフレア×3！　モンスター二体を破壊し、プレイヤーにダイレクトアタック！」

「きゃあああああ！」

美礼側のカードがすべて破壊され、丸裸になったプレイヤーに直接、攻撃ダメージが与えられる。

プレイヤーである美礼のライフがゼロになり、剛の勝利が確定した。

最初のターンのみで決着をつける戦法……定義はいくつか存在するが、これを『ワンターンキル』と呼ぶ。

風がデッキに加えるように指示した数枚のカードは、すべて特殊効果を持つカードであり、強力な高レベルモンスターの召喚に繋《つな》げるためのものだった。

すなわち、ワンターンキルが可能となるよう、その『繋ぎ』となるカードを複数、デッキに加えさせたのだった。剛の手札にあった、『同格の援軍』と『暗黒竜の邪神官』が該当する。

あっと言う間に決着がついてしまい、ギャラリーの夕陽と鈴木、由衣の三人はざわめいていた。

「えっ、もう終わったの？　対戦型カードゲームって短いのね」

「いや、普通はもっと時間かかるはずなのを、高岩が速攻で終わらせやがったんだ。しかし、えげつない勝ち方しやがるな……」

「高岩君が勝ったんだよね？　よかった……風がなにか企んでたみたいだけど、巻き込まれずに済んだよー」

敗れた美礼はガックリとうなだれ、虚《うつ》ろな目をして、ブルブルと震えていた。

「う、嘘《うそ》でしょ……初めて使うカードデッキでワンターンキルなんて……ありえない……！」

そこで風が、美礼に告げた。

「今のカードには召喚さえ成功すればほぼ勝ちになるような、強力な高レベルモンスターのカードが多いからな。ワンターン内に召喚条件がそろえば十分可能なんだよ」

「くっ……！　しかも本人ならいざ知らず、代理人にやられるなんて……屈辱だわ……！」

「なに言ってんだ？　部の代表は部長の高岩だろ。それに、私はよさそうなカードを見繕っただけで、具体的な戦略は一切《いっさい》告げていないぞ。ワンターンキルを成立させたのは、高岩の実力だよ」

「うううううう！」

自身の完全敗北を言い渡され、美礼は悔しさに打ち震えていた。

風はため息をつき、そこで美礼に問い掛けた。

「ところで、私と会長はどこで会ってたんだ？　全然記憶にないいんだけど……」

「ま、まだ思い出せないわけ？　そこまで印象薄いなんて、屈辱だわ……！」

「せ、先輩。あのですね……」

見かねた剛が、風に耳打ちする。急に身を寄せてきた剛に頬を染めつつ、彼の言葉を聞いた風はふんふんとうなずき、怪訝《けげん》そうに首をひねった。

「えっ、小学生の時の、地方大会決勝戦の相手が私だったんじゃないかって？　いや、そりゃないだろ。だって、副会長の話だと相手は低学年の幼女だったって……」

そこで風はハッとして、自分の顔を指で差して呟いた。

「まさか、低学年の幼女にしか見えなかった対戦相手って、当時の私か？　私なのか？」

「は、はい。おそらく……」

「そ、そうなのか、会長？」

　すると美礼はコクンとうなずき、悔しそうにしながら呟いた。

「ええ、そうよ……『ワンターンキルウインド』と呼ばれていたあなたに、その名の通りワンターンキルで敗れてしまったのよ。それまでは全戦全勝、無敗だったというのに、よりによって決勝戦で……」

「マ、マジか……」

「私は、あの日あなたに敗れた事をずっと引きずってきた。同じ高校にあなたがいる事を知って、復讐する機会をずっとうかがっていたのよ。なのに、あなたは覚えていないなんて……こんな屈辱、生まれて初めてだわ……！」

「い、いや、だって、ずいぶん昔の話だし……地方大会とか、よく分かんないうちに優勝しちゃったから、対戦相手の顔なんて覚えてないし……」

「ひどすぎるわ！　この鬼！　悪魔！　幼女！」

「お前の方がひどいだろ！　今も昔も私は幼女じゃない！」

　美礼が半泣きで抗議し、風もちょっと涙目になって怒っていた。

　要するに、二人は因縁の関係だったわけか。風の方はまったく覚えていなかったようなので、美礼の一人相撲になってしまっているが。

「……」

　剛は少し考えてから、顔を右手で覆《おお》いつつ、左手をバッと広げて前に突き出したポーズを取り、低い声で叫んでみた。

「――闇《やみ》の精霊に選ばれし戦士、我が名は、ワンターンキルウインド！　……ワンターンキルの風が吹くぜ……！」

「……うわあああああ！　やめてええええ！」

「……きゃあああああああ！　いやあああああああ！」

風と美礼がほぼ同時に悲鳴を上げ、二人とも頭を抱えてうずくまってしまった。

剛は二人を仲裁するつもりでやったのだが、どうやら、それぞれの心の傷を抉《えぐ》る台詞《せりふ》だったらしい。

そこで剛はコホンと咳払《せきばら》いし、何事もなかったように呟いた。

「勝負は俺の勝ちですよね。約束通り、副会長さんには入部してもらいます」

「い、いや、今のはなんだ？　会長と峰内が真《ま》っ青《さお》な顔で震えているが、放っておいていいのか？」

「そっとしておいてあげてください。誰にでも触れられたくない過去というのはあるでしょうし」

「それをわざわざ口にするとは、貴様は鬼か？　どこかで聞いた事のある台詞だったような気がしたが……」

「思い出さない方がいいと思います。……それでその、入部してもらえますか？」

「う、うむ。約束だからな。……よろしいですか、会長？」

するとと美礼がよろめきながら立ち上がり、渋々と呟いた。

「し、仕方ないわ、認めましょう。これでボドゲ部は廃部を免れた事になるわね……」

「あ、ありがとうございます！」

「でも」

「えっ？」

「私の復讐はまだ終わっていないから！　覚えていなさい、峰内風！　いつの日か必ずあなたを負かしてやる！」

美礼がビシッと人差し指を突き付けて叫ぶと、風もまた立ち上がり、呟いた。

「私に挑戦する前に、まず高岩に勝ってみせろよ。でなきゃ勝負になんないぞ？」

「くっ、なんて憎たらしい！　言われなくてもそうするわ！　覚えていなさい、高岩君！」

「ええっ、俺もですか？　ゲームで勝負するのはいいですけど、復讐とかそういうのはちょっと……」

「会長、高岩は脱衣ルールでないとやる気にならないそうです」

「そ、そうなの？　真面目《まじめ》そうな顔してるのになんていやらしい……！」

「違いますから！　副会長さん、おかしな事を吹き込まないでくださいよ！」

「心配するな。会長の負けた分は私が脱ごう！」

「いや、脱がないでくださいよ！　ああっ、会長さんがゴミを見るような目で俺を……せ、先輩、助けてください！」

「知らんわ。対抗してお前も脱げば？」

ともあれ、生徒会長との勝負に勝利し、副会長を入部させる事に成功した。

部員が四人になり、ボードゲーム研究部は廃部の危機を脱したのだった。

エピローグ

「朝霧《あさぎり》さん、部活に行かないか？」

「ごめんなさい。今日はクラス委員の集まりがあって……また今度ね」

「そ、そう」


「副会長さん、部活に行きませんか？」

「悪いが、生徒会の仕事がある。また今度な」

「そ、そうですか」


せっかく廃部の危機を乗り越え、部員も増えたというのに、朝霧夕陽《ゆうひ》と佐々木静香《ささきしずか》はなにかと忙しいらしく、なかなか部活に顔を出してくれなかった。

剛はため息をつき、専門棟にある部室へ一人で向かった。


部室に入ると、そこには……先輩に見えない先輩、峰内風《みねうちふう》が待っていた。

Koryaku Dekinai Mineuchi san

「こら、遅いぞ、高岩《たかいわ》！　部長なんだから、一番に来ないとダメだろ！」

「す、すみません。朝霧さんと副会長さんに声を掛けてきたんですが、二人とも来られないようで……」

「なんだよ、またか。あの二人、結局、幽霊部員みたいになっちゃってるよな」

呆《あき》れたようにため息をつく風に、剛はボソッと呟《つぶや》いた。

「まあ、俺《おれ》は先輩がいてくれればいいんですけど……」

「そ、そうか？　なんだよ、そういう言い方されると照れるだろ！　持ち上げるなよな！」

「嘘《うそ》じゃないですよ。部員が増えても、先輩がいてくれないと……つまんないじゃないですか」

「ふ、ふーん、そう……お前ってさ、やっぱり年上好きなんじゃないの？　私みたいな年上のお姉さんに憧《あこが》れてるんだろ？」

「先輩ほど年上に見えない年上の人も珍しいと思いますけど」

「なんだとこら！　相変わらず失礼なヤツだな！　もっと年上を敬いなさい！」

真《ま》っ赤《か》な顔で注意してくる風を見つめ、剛は苦笑した。

部員の集まりが悪いのは残念だが、廃部にならなくて本当によかったと思う。

このかわいらしくてゲームが強い小さな先輩と、ゲームで勝負する場所がなくなってしまっては大変だ。

風との決着をつけるためにも、ボドゲ部は存続させなくてはならない。

「そう言えば、先輩は入部されたわけじゃないんですよね。という事は、正規の部員は三人しかいなくて、同好会存続の規定を満たしていないんじゃ……」

「生徒会には、正規の部員って事にして書類を提出しといたぞ。そうしないと廃部にされてたからな」

「あ、ありがとうございます！　さすがですね、先輩。今後ともよろしくお願いします！」

「べ、別に、お前のためにやったわけじゃないんだからな！　私はただ、ゲームをする場所を確保したかっただけなんだから！」

「先輩、めっちゃツンデレっぽい台詞《せりふ》ですね。すごくいいと思います」

「ツンデレ言うな！　そういうんじゃないんだってば！」

　今日も凪はツンデレ全開でかわいらしかった。思わず抱き締めてやりたくなってしまい、剛は懸命にこらえた。

「では、一刻も早く、本当の意味で正規の部員になってもらうために……勝負です、先輩！」

「しゃあない、付き合ってやるか。入部してほしかったら私に勝ってみせろ！」

「はい！　あの、もしも俺が勝ったら副賞として……先輩を思い切りハグしてもいいですか？」

「んなっ⁉　い、いいわけないだろ！　お、お前、私をそういう目で見てるのか？」

「そういう目というのがどういう目なのか分かりませんが、先輩をハグしてみたいという気持ちに嘘偽りはありません！」

「いや、そんなマジな顔で断言されても、私はどうリアクションしたらいいんだよ!?　……こ、困るなあ……」

頬《ほお》を染め、モジモジしている風を見つめ、剛は拳《こぶし》を握り締めた。

部員にしたいのももちろんだが、いい加減、一勝ぐらいしないと駄目だと思う。

ちっちゃくてかわいいが、底知れぬ強さを備えた少女、峰内風と向き合い、剛は気持ちを引き締め、改めて勝負を挑んだのだった。

「それでは勝負です、先輩！」

「いいぞ、来い、高岩！　本気で相手してやるから覚悟しろや！」

「うおおお、勝てば、先輩をハグできるッ！　絶対に勝ちます！」

「い、いや、勝手に決めるなよ！　困るってば……」

廃部は免れたものの、部長の剛を除けば幽霊部員二名、仮部員一名（鈴木も入れると二名）という状態で、ボドゲ部の行く末はとても危ういものだった。

せめて一人だけでもまともな部員を確保しなければと、決意を新たにする剛であった。

あとがき

皆さん、お久しぶりです。はじめましての方ははじめまして。作者の之雪《これゆき》と申します。

……やっっっと新作が出せました！　お買い上げありがとうございます！　えっ、まだ買ってない？　やだなあ、分かってますよ！　今からレジへ持っていくんですよね？　お買い上げありがとうございます！　本が出せないと作者の収入は限りなくゼロに近いのです！　お買い上げありがとうございます！　大事な事なので三回言いました！　久しぶりなのであとがきの書き方を忘れています！　誰か仕事をください！　なんでも書きますよ！　目指せ専業！

本作は連作短編形式という構成を取っていまして、プロローグ後はどこから読んでも大体ＯＫとなっています。まあ順番に読んでもらうのが一番無難《ぶなん》だと思いますが。どっちやねん。

内容はコメディ&ギャグ要素強めのラブコメです。コメディ&ギャグ99、シリアス1ぐらいの割合でしょうか？　とても真面目《まじめ》に本気でふざけています。

主人公とヒロインの二人以外にも色々なキャラが出てきますが、基本は二人のやり取り、掛け合いがメインとなっています。剛がボケで風がツッコミというのが基本ですが、時折《ときおり》逆転したりします。というか風も大概《たいがい》ボケまくってますよね。作者的には割とお気に入りの組み合わせです。

ボードゲームやカードゲームといったアナログゲームが題材として出てきますが、ゲームの事をあまり知らなくても楽しんでもらえるんじゃないかと思います。

僕自身はデジタルもアナログもゲームは好きですが、基本的に対戦形式の物は弱いです。そもそも対戦相手がいないだろ、ってうるせえよ。

ワンペア縛りのポーカーはなんとなく思い付きで出してみたんですが、そういうルールはない？　昔、こういうルールでやってみた事があるようなないような……。

参考資料のつもりでいくつかのゲームを買ってみたりもしました。対戦相手がいないので、一人で対戦していましたが。……別に寂しくはないですよ？

近況ですが、どうにか無事に生きています。ここ七年ぐらいの間に二回ほど急病で危なかった事があったので油断はできませんが。冗談抜きで健康には気を付けないといけませんね。

最近は山のように深夜アニメが放送されていて、なかなか全作品をチェックしきれないでいるのですが、コメディやギャグ作品は優先的に視聴するように心掛けています。

自分がコメディばかり書いているというのもあるのですが、シリアスな作品に比べて観《み》るのが楽なんですよね。シリアス作品でも普段はコメディ調なのが多いのも、そこらへんを配慮しての事ではないかと。

あとはまあ、現実世界が辛すぎるので、フィクション世界でまで辛い想いはしたくないというか。ここ数年、リアルで楽しい事なんてほとんどなかった気がしますねー。ぶっちゃけ小説書いてる時が一番幸せだったり。寂しいヤツ言うな。

初代担当の川本《かわもと》さん、新人賞受賞からこれまでお世話になりました。新担当の山崎《やまざき》さん、鋭い意見をいつもありがとうございます。お二方とも身体には気を付けてくださいね。自分もなー。

イラスト担当のそふらさん、すばらしいイラストをありがとうございます。キャラ絵が上がってくるとテンション爆上がりですよ。この、自分が創造したキャラが具体的な形を得る喜びというのは、ラノベ作家ならではの楽しみではないかと。

そしてこの本を手に取ってくれた読者の皆さん、本当にありがとうございます。読んでくれる人がいる限り、僕は生きていられるのです。この作品を読んでくれた皆さんがちょっとでもいい気分になってくれたらいいな、と思います。お買い上げありがとうございます！

それではまた、なるべく近いうちにお会いしましょう！　之雪でした。

ファンレター、作品の
ご感想をお待ちしています

〈あて先〉

〒106－0032
東京都港区六本木2－4－5
SBクリエイティブ（株）
GA文庫編集部 気付

「之雪先生」係
「そふら先生」係

**本書に関するご意見・ご感想は
右のQRコードよりお寄せください。**

※アクセスの際や登録時に発生する通信費等はご負担ください。

https://ga.sbcr.jp/

攻略できない峰内さん

発　行　　2023年9月30日　初版第一刷発行
著　者　　之雪
発行人　　小川　淳

発行所　　SBクリエイティブ株式会社
〒106－0032
東京都港区六本木2－4－5
電話　03－5549－1201
　　　03－5549－1167（編集）

装　丁　　AFTERGLOW

印刷・製本　中央精版印刷株式会社

ISBN978-4-8156-1242-9
Printed in Japan
GA文庫

試読版は
こちら!

お隣の天使様にいつの間にか駄目人間にされていた件8.5

著：佐伯さん　画：はねこと

GA文庫

「色々と思い出を作っていきたいですから」

自堕落な一人暮らし生活を送っていた高校生の藤宮周と、“天使様”とあだ名される学校一の美少女、椎名真昼。

ふとしたきっかけから徐々に心を通わせ、いつしか惹かれ合っていき、お互いにかけがえのない相手となった二人。

かたちを変えた関係のなかで紡がれた、様々な思い出を描く、書き下ろし短編集。

これは、甘くて焦れったい、恋の物語――。

試読版は
こちら!